黒のダンジョン五十六階層にて

それぞれの道にて
(——悠真もがんばってるんだ。
だったら、私も負けないようにがんばらないと)
いちのせかえで
一ノ瀬楓
KAEDE
ICHINOSE

金属スライムを倒しまくった俺が【黒鋼の王】と呼ばれるまで3
～灰暗き迷宮の支配者～

温泉カピバラ

ファンタジア文庫

3404

口絵・本文イラスト　山椒魚

EPISODE.
3
金属スライムを倒しまくった俺が【黒鋼の王】と呼ばれるまで
UNTIL I CAME TO BE CALLED [BLACK STEEL KING] FOR SLAYING A BUNCH OF METAL SLIMES

プロローグ

イスラエルの最大都市『テルアビブ』。

そこには国際ダンジョン研究《IDR》機構の本部があった。その施設の地下二階を、二人の男が歩いている。

長く無機質な廊下。二人は無言で歩き、ある部屋の前で立ち止まった。

白衣を着た研究者、イーサン・ノーブルは、自分の胸ポケットからカードを取り出す。

そのカードを扉の横にある電子ロックにかざした。

ピッと音が鳴り、扉が解錠される。自動でスライドした扉をくぐり、二人は中に入る。

部屋の中は暗かったが、手前からパッパッパと照明がつき、奥まで明かりが灯《とも》った。

目につくのは、いくつも並んだガラスケース。中には色とりどりの【宝石】が、綺麗《きれい》に並べられている。

イーサンの後ろにいた助手のクラークが、辺りを見渡しながら口を開く。

「壮観ですね。世界各地から集められた魔宝石……各色のダイヤモンドも揃《そろ》っている」

「まあ、世界で発見された魔宝石は全てここに集められているからね。金額にしたら凄《すご》いことになるんじゃないかな？」

イーサンはなんでもないように言う。二人は部屋の奥で足を止めた。

目の前には長方形のガラスケースが置かれている。中に入っているのは魔宝石ではなく、いくつもの金属の塊だった。

大きさや形は不揃《ふぞろ》い。色も多様で金や銀、灰色や黒い物まである。イーサンの後ろからクラークがガラスケースを覗《のぞ》き込む。

「魔鉱石ですね。魔宝石と違って種類が多い。まだ発見されていない物も多くあると聞きますが……」

イーサンは頬を緩め「そうだね」と返す。

「魔鉱石は特殊でね。魔宝石とは明らかな違いがある」

うっとりとした目でガラスケースを眺めるイーサンに、クラークは怪訝《けげん》な顔をする。

「どうして『展示室』に来たんですか？　今さら魔鉱石なんて観察しても、仕方がないと思いますが」

イーサンはフフと笑い、さらに部屋の奥へと足を進める。

「最近は『黒のダンジョン』に関して調べることが多くなったからね。改めて魔鉱石が見たくなったんだよ」

そこにあったのは、壁に埋め込まれたガラスケースだ。他の物とは異なり、厳重に施《せ》錠《じょう》されている。

「魔宝石や魔鉱石が社会に受け入れられ、世界中で活用されるようになったのは、体に害がないことが証明されたからだ。そうでなければ怖くて誰も使えないよ」

イーサンの視線の先、ガラスケースの中には黒い金属の塊が入っていた。二センチほどの大きさで、不気味な光沢を放つ。

「ただし……例外が一つだけある」

ニヤリと笑ったイーサンの後ろで、クラークはゴクリと生唾を飲んだ。

「では、その魔鉱石が……」

イーサンはガラスケースから視線を切り、振り向いてクラークを見る。

「ああ、そうだ。これが人を確実に殺すと言われた――悪魔の魔鉱石だよ」

第一章　黒のダンジョン

悠真《ゆうま》に尋常ではない〝マナ〟があると言い切ったアイシャだが、神崎《かんざき》はその言葉に呆《あき》れてしまう。

「おいおい、お前本気で言ってんのか？」

「当然だ」

「お前が優秀な学者なのは知ってるがな、それはありえねぇ。機械が壊れてんだよ。直してからまた言ってくれ」

神崎が帰ろうとすると「待て！」とアイシャが止めてくる。「ああ？」と神崎が振り返れば、アイシャは深刻な目で見つめてきた。

「私がお前に聞きたいことは一つだけだ」

アイシャはカツカツと歩き、神崎の目の前で止まると胸ぐらを掴《つか》んで引き寄せる。

「あの化物をどこから連れて来た‼」

「化物⁉」

アイシャの手を払い除《の》け、神崎は服の皺《しわ》を直してフンッと鼻を鳴らす。

「はっ！　なにが化物だ。くだらねぇ、すっかり酔いが醒《さ》めちまった」

神崎は扉を乱暴に開けて部屋を出る。

「鋼太郎《こうたろう》」

「なんだ！　まだ何かあんのか？　もうくだらねえ話には付き合わんぞ‼」

吐き捨てるように神崎が言うと、アイシャは小さく首を振る。

「まあ、信じられんのは当然だろう。私も俄《にわ》かには信じられん」

「当たり前だ！　そんな話、誰が信じるか‼」

「だったら三鷹《みたか》に魔法を使わせてみろ」

「あ？」

「あれほどのマナ指数があるなら、恐らく体外にまでマナが溢《あふ》れ出している。だとしたら地上で魔法が使えるはずだ」

「ふん！　くだらん」

バタンッと扉を閉め、神崎は部屋を出ていった。

◇◇◇

早朝に帰って来た神崎は夕方近くまで寝ていたが、ようやく起き上がり風呂《ふろ》に入る。

しばらくゆっくりしたあと、舞香《まいか》が作った夕飯を食べようと食卓についた。

舞香が「昨日どうしたの？」や「何かあったの？」と聞いてくるが、神崎は曖昧にしか答えなかった。

その日は悶々《もんもん》としたまま就寝する。

そして次の日の朝、会社のデスクで煙草《たばこ》をふかしていると悠真が出社して来た。

「おはよーございまーす」

田中《たなか》や舞香と挨拶を交わし、こちらにやって来る。

「社長、おはようございます」

「おう、おはよう」

悠真は荷物をロッカーに入れ、自分のデスクに座った。隣にいる田中と、楽しそうに談笑している。

神崎は椅子の背もたれに体を預け、新聞を広げた。

だが内容はまったく頭に入ってこない。アイシャの言ったことを信じている訳じゃないが、気になっているのも事実だ。

神崎はおもむろに立ち上がる。――確かめてみるしかない。

「おい、悠真」

「はい」

「この前、アイシャの研究所で〝マナ〟を測定しただろ？」

「ああ、やりましたね」

「結果が出たって連絡があってな。お前のマナ、あったらしいぞ」

「ええ⁉　本当ですか？」

悠真は目を見開いて喜ぶ。隣に座っていた田中も顔を綻《ほころ》ばせた。

「やったじゃないか悠真くん！　良かったね。本当に良かった」

「やっぱりね～、マナ指数が無いなんておかしいと思ってたのよ」

舞香もやって来て一緒に喜ぶ。みんな悠真のことを心配していたようだ。

「数値の詳しい結果は今度聞きに行くとして、取りあえず心配は無いってことだ」

「そうですか……まだ、どれくらいマナがあるか分からないんですね」

「まあ、すぐに分かるさ。舞香、アレを用意してくれ」

「あ、うん。そうだね！」

舞香はオフィスの片隅にある金庫の前にしゃがみ、シリンダーを回して解錠する。扉を開けて中にある小さなケースを取り出した。

「はい、社長」

舞香に手渡された黒いケースの蓋を開くと、中にはいくつもの〝魔宝石〟が入っていた。

どれも〝青の魔宝石〟で、キラキラと輝いている。

「悠真は青のダンジョンでカエルを倒しまくってたよな。舞香、悠真のマナ指数……今、どれくらいになってるか推測できるか？」

「う～ん、今までの魔物討伐数を考えると、マナ指数10以上は確実にあるよ」

「そうか」

神崎は箱の中から一粒の宝石を手に取る。

「悠真、これは魔宝石〝紺碧《こんぺき》のアイオライト〟の1カラットだ。マナ指数は10ほどある。これをお前にやるから食べてみろ」

「え!? いいんですか？」

悠真が驚いていると、隣にいた田中が説明する。

「悠真くん、これは会社の福利厚生の一つなんだ」

「福利厚生？」

「給料以外の報酬のことだよ。特に〝魔宝石〟は仕事で必要になる物だからね。遠慮なく受け取ればいいよ」

「そういうことだ」

　神崎も促すと、悠真は「ありがとうございます」と言って魔宝石を手に取った。

　舞香が持ってきたウェットティッシュで魔宝石を拭き、水の入ったコップを受け取って〝アイオライト〟をゴクリと飲み込む。

「どうだ？」

　アイシャの装置が完全に壊れているなら、悠真にはマナが無い可能性もある。

　もしマナがまったく無かったとしても、便になって出てくるだけだから問題はないと思うが……。

「あ！　お腹《なか》が熱くなってきました」

「うん、それは正常に魔宝石を取り込めた証拠だよ。良かったね、悠真くん」

　田中は自分のことのように喜んでいた。

　舞香も一安心といった様子で息をつく。だが、神崎だけは言い知れない不安に襲われる。

　本当にアイシャが言った通り、悠真には〝マナ〟があった。

『三鷹に魔法を使わせてみろ』

アイシャの言葉が、神崎の脳裏に何度もこだまする。

――地上で魔法が使える？　はっ、ありえねぇ。そんなこと、絶対に！

しばらくすると舞香が用事で外出し、田中は『青のダンジョン』に行くための準備で下の階へ行った。

オフィスには、神崎と悠真の二人きり。

神崎は机の引き出しに入っていたガラクタの箱を取り出す。昔、なにかで使った物だが、なんだったかは覚えていない。

「悠真」

「はい」

「せっかくだから魔法、使ってみるか？」

「え？　でも魔法ってダンジョンの中でしか使えないんですよね。今から行く『青のダンジョン』で使ってみようかと思ってたんですけど……」

悠真は困惑した表情で見つめてくる。

「まあ、そうなんだがな」

神崎は悠真のデスクに、ことりとガラクタの箱を置く。

「こいつは特殊な機械でな。ダンジョンじゃなくてもこの箱の周りでなら魔法が使えるんだ。試してみないか？」

「ええ⁉　そんな機械があるんですか？　知らなかった」

悠真はまじまじとボロい箱を見つめる。もちろん大嘘《おおうそ》だ。そんなことできる訳がない。

だがアイシャのくだらない話を否定するには丁度いいだろう。

「やっぱりプロの探索者《シーカー》って、凄《すご》いもの持ってるんですね」

「まあな。小さな水魔法ぐらいなら使えると思うぞ、やってみろ」

「はい！」

悠真はなんの疑いも持たず、自分の手の平に力を込め、うぐぐぐと唸《うな》っている。

「最初は指先に魔力を集中させるんだ。うまくいけば小さな球体ができるはずだ」

「指先ですか、分かりました」

今度は右手の人差し指を立て、プルプルと震わせながら力を込めていた。

「ううう……出ません……」

「はっはっは、まあ最初だからな。ダンジョンに行けばもっとうまく出せるから心配するな！」

やはり魔法は出なかった。神崎は安心して自分のデスクに戻ろうとする。

地上で魔法など使えるはずがない。神崎自身も以前、仲間たちとダンジョンの外で魔法が使えないか試したことがあった。

当然、誰も成功しない。

ダンジョンの入口付近でも無理だった。完全にダンジョンの中に入って初めて魔法が使えるのだ。

後にダンジョン内に充満している〝マナ〟によって魔法が使えることが証明され、科学的にも地上では魔法が使えないことが解明された。

『ダンジョンの外で魔法は使えない』

それはダンジョンが出現した世界における不文律であり、理《ことわり》。

決して覆《くつがえ》ることのない常識。

そんなことも忘れたのか、とアイシャに対して呆《あき》れた気持ちになる。

「ああ！」

大きな声に神崎《かんざき》が振り返ると、悠真《ゆうま》は目を見開いていた。

なんだ？　と思って見ると、悠真の指先で何かが揺らめく。

「社長！　やりましたよ。水の球が出てきました‼」

悠真が差し出してきた指先には、確かに小さな水球があった。とても小さな水球、だが間違いなく魔法が行使されている。

神崎はなにも言えなくなり、息を呑《の》んで固まってしまう。

目の前で起きているのは、見たこともなければ聞いたこともない現象。

世界の理も、今までの常識も、なにもかもが崩れ落ちてゆく。

◇◇◇

その日の午後、神崎は車でアイシャの研究所に向かった。

「おい！　アイシャ!!」

バンッと力任せに扉を開け、部屋の中へズカズカと入る。アイシャは椅子の背もたれに寄りかかり、目頭を指で揉《も》んでいた。

「本当に魔法が使えちまったぞ!!　どうなってんだ!?」

「……だから言っただろ、あの男は異常なんだよ」

「ど、どうすんだ？　そんな莫大《ばくだい》なマナ指数があったら企業間で争奪戦になるぞ！」

多くの企業は〝白の魔宝石〟を使わせるため、大量の〝無色のマナ〟を持つ人間の育成に力を入れている。

だが戦闘能力の無い人間のマナを上げるのは容易ではなく、どの会社も苦労していた。

「バカかお前は？　企業間どころじゃない。国家間の奪い合いになる。国際問題になってもおかしくないレベルだ」

「国際問題って、それは言いすぎだろ……」

アイシャはハンッと鼻で笑う。

「よく考えてみろ。４６万のマナ指数だぞ？　それだけあれば世界最高の魔宝石、各色の〝ダイヤモンド〟が使えるということ。それも好きなだけな」

「ダイヤモンド……」

「それに……これは噂《うわさ》レベルだが、一部のダンジョンからマナが漏れ出してるって話もある。だとしたら、いずれ地上もマナで覆われるだろう」

「なに⁉　そんな話、初めて聞いたぞ！」

「学者の間で出回ってる話だ。本当かどうかは分からんが、事実だとしたら、国は魔法の軍事利用を当然考えるだろう。そうなれば、三鷹《みたか》悠真は喉から手が出るほど欲しい存在になるはずだ」

神崎はガシガシと頭を掻《か》く。まさか、こんな大事に巻き込まれるとは思っていなかった。どうしていいのか分からない。

「もう頭が痛いぜ。平凡に探索者《シーカー》として金を稼ぎたいだけなんだが……」

「頭を抱えているところ申し訳ないが」

「なんだよ⁉」

「もっと大きな問題がある」

「なにっ⁉」

次は何を言われるのか戦々恐々とする神崎に、アイシャは一枚の紙を持ってきた。

「これは三鷹悠真の〝マナ指数〟を、電磁波の違いを元に詳細なデータにまとめたものだ」

「お、おう、それがなんだ？」

「ここを見ろ」

神崎が覗《のぞ》き込むと、そこにはよく分からないグラフが描かれていた。

「これがどうした？」

「これはマナの構成比率を示したグラフで、この白い部分が〝無色のマナ〟だ」

「ふんふん……で？」

「ここ」

アイシャが指差した場所のグラフは、色が変わっていた。

「この灰色がかった部分は、マナに色が付いたことを表している」

「え？」

「つまり46万のマナは、全部が無色のマナじゃない」

「ちょ、ちょっと待て！　それって……」

「そうだ。三鷹悠真はすでに魔宝石を食ってる！　マナを染めてるんだ」

「あいつ魔法なんか使えねえぞ！　嘘を言っているようにも見えない。だいたい魔法が使えるなら言った方がいいだろ⁉」

神崎は眉間にしわを寄せ、アイシャを睨《にら》む。

「理由は分からない。だが間違いなくマナは染まっている。なんの魔法かまでは判別できないがな」

「どれぐらい染まって……〝魔力〟に変わってるんだ？」

「全体の比率から考えれば……10万ほどは魔力に変わっている」

「じゅ、10万⁉」

ありえない。そんな魔宝石、用意するだけでも至難の業だ。どれぐらいの費用がかかるのか、想像もできない。

「一体どこからそんな魔宝石を調達したのか……。鋼太郎《こうたろう》、今まで三鷹におかしな様子は無かったのか？」

アイシャに問われて神崎は黙り込む。今まで悠真のことを見てきたが、マナが上がりにくいということ以外、特におかしな所はなかった。

強力な魔法が使えたのに、それをわざわざ黙っていた？

「あいつは自分でマナ指数を測ってもゼロだと言って悩んでいた。それが全部嘘だったってのか⁉」

アイシャが顎に手を当て無言になる。しばらくしてから口を開いた。

「いや……通常のマナ測定器では彼のマナは測れないだろう。そういう意味では、マナがゼロだと思い込んでいたのは本当かもしれない」

「じゃあ、なんでお前の測定器だけ測れんだよ」

神崎の疑問に、アイシャはそんなことか、と小馬鹿にしたように微笑《ほほえ》む。

「構造が違うんだよ、私が作った物はな。通常の測定器は、体内にある微弱なマナを抽出して測る繊細なものだが、その時、マナが溢《あふ》れていては正確に測ることができない。ダンジョン内で個人のマナが測定できないのと同じ理屈だ」

「それは……そうかもしれんが」

「それに対し、私の測定器はダンジョン内のマナを測る空間測定器を元に作っている。対象を装置の中に入れて丸ごと測定するのが特徴だ。どれほどマナが溢れていようと関係ない」

自信満々でドヤ顔をするアイシャに、神崎は眉をひそめる。だが、その装置のおかげで悠真のマナが測れたのも事実だ。

アイシャはぶつぶつと何かを呟《つぶや》きながら、室内を歩き回る。

「それにしても、三鷹はなぜ魔宝石を食べたんだ？　自分のマナ指数がゼロだと思っていたなら、食べるはずがない」

「んなもん、マナが無いと魔宝石が使えないって知らなかったんじゃねーのか？」

「いや、今はスマホで検索すれば、その程度の情報はいくらでも入ってくる。知らないなんてことは考えられない」

額をトントンと指で叩《たた》きながら、アイシャは目を閉じ、物思いにふける。

自分の世界に閉じこもり、考え事をする時のいつもの癖だ。

「魔宝石もマナ指数がゼロだと思ったのか？　だが魔宝石に必ずマナがあることは調べれば分かるはず……だとしたら……」

うろうろしていたアイシャがピタリと止まる。

「まさか……魔鉱石か？」

「ん？　なんだ」

「魔鉱石ならマナ指数ゼロの物もある。それはネットでも公開されているはずだ。そしてマナ指数が高すぎる魔鉱石は、市販のマナ測定器では測れない」

アイシャがどんどん興奮してくる。『黒のダンジョン』を専門に調べている学者だけに、魔鉱石に関する知識は半端《はんぱ》じゃない。

「だとしたら三鷹悠真は『黒のダンジョン』に何か関係があるんじゃ……いやきっとそうだ！　そうに違いない‼　聞かなければ、本人に――」

「待て待て、落ち着け！　隠してるなら簡単には聞き出せんぞ」

「ん？　ああ、そうだな。確かにそうだ。しっかり対策しないと……絶対に逃せない最高の被検体……いやいや、人物だからな。フフフフ……」

不気味な笑い声を漏らすアイシャを見て、神崎は不安になる。

「鋼太郎！　明後日《あさって》、三鷹悠真をここに連れて来い。私が話を聞く」

「明後日？　明日じゃダメなのか？」

「準備をする。確実に話をさせるためにな。まあ、私に任せておけ。クックックッ」

自信ありげに微笑むアイシャに、神崎の不安はさらに大きくなった。

◇◇◇

早朝、電車に乗って会社に向かっていた悠真《ゆうま》は、ドアの近くにあるポールに掴《つか》まり車窓から外を眺めていた。

車内がそこそこ混み合う中、流れゆく景色を見ながら悠真は物思いにふける。

──まあ、庭にできた穴が世界で一番深いダンジョンだなんてありえないよな……社長や田中《たなか》さんも、エレベーター式のダンジョンはただの噂話《うわさばなし》だって言ってたし。

だいたい、そんな深い場所にいる魔物を倒せるはずがない。それより重要なのは魔法のことだ。

会社で魔法を使ったあと、田中と一緒に『青のダンジョン』に行き、そこでも魔法を使ってみた。

神崎《かんざき》の言う通り、ダンジョン内の方が遥《はる》かに魔法は使いやすい。

田中は「とっても上手だよ」と喜んでくれた。次の日もダンジョンに入り、カエルを倒してから、魔法の使い方を教えてもらっている。

まだまだ弱い魔力なので、水を飛ばしたりすることはできないが、今は水球の大きさを変えたり、出したり消したりといった練習をしている。なかなか楽しい練習だ。

それにしても会社で魔法が使えたと言ったら、田中に「ありえないよ！」と笑い飛ばされてしまった。そんなに才能が無さそうに見えるんだろうか？

まあいい、もう少し〝水の魔力〟が上がれば、魔法付与武装を使えるみたいだし、そうすれば『赤のダンジョン』でも活躍できるだろう。

悠真はグフフと、気持ち悪い笑みを浮かべながら柏駅《かしわえき》で電車を降りた。

◇◇◇

「悠真、一緒にアイシャの所に行くぞ！」

「え？　アイシャさんの所ですか？」

出社した悠真は神崎に声をかけられ、意外に思った。今日も当然『青のダンジョン』に行くと思っていたからだ。

「この前やった身体測定のデータが出たみたいだ。今後のこともあるし、二人で聞きに行こうと思ってな」

「あ、そうなんですか」

なるほど。確かにマナ指数がいくつなのかなど、詳細は聞いてなかった。自分のマナが上がりにくいのか、それとも測るのが難しいだけなのか。

その辺りのことは分からないままだ。

詳しいことを教えてもらえるならありがたい。

「分かりました。行きましょう!」

悠真は二つ返事で承諾した。

◇◇◇

会社がある千葉県柏市《かしわし》から、研究所がある東京の大田区まで首都高速6号を通って一時間ほどで到着する。

研究所の敷地《しきち》内に停《と》めた車から降り、建物を見上げた。

相変わらず見た目がボロいトタンの町工場だ。神崎と一緒に中に入り、階段を上がる。

「おい! 来たぞ、アイシャ」

「おじゃまします」

部屋に入ると、そこにアイシャが待っていた。

白衣のポケットに両手を突っ込み、立ったままこちらを見ている。

スラリとしたスタイルに、整った顔立ち。相変わらず目の下の隈《くま》は酷《ひど》いが、以前と違いニコやかな表情だった。

「やあ、悠真くん。よく来たね、待っていたよ」

明らかに雰囲気の違うアイシャに困惑しながら、悠真は手招きされたソファーに腰を下ろす。

対面にアイシャが座り、その隣に神崎が座った。

そわそわしている神崎が、咳《せき》ばらいをしてから口を開く。

「実はな、悠真。お前に聞きたいことがあったんだ」

「え？　俺にですか？」

不穏な空気を感じた悠真は、戸惑った表情になる。

「悠真……お前、なにか隠してないか？」

「え⁉」

ドキリとした。急にどうしてそんなことを聞くんだ⁉　悠真は慌てて言い繕う。

「い、いえ、隠してることなんてありませんけど」

なんだ？　なにか変なことでも言っただろうか？　悠真が頭の中でグルグル考えていると、今度はアイシャが口を切る。

「実は先日行った身体測定なんだけど、ちょっとおかしなものが見つかってね」

「お、おかしなものですか？」

悠真はゴクリと喉を鳴らす。

「君……魔鉱石を摂取してるね。それも大量に」

あああああ！　バレてる‼　それも完全にいいいいいい‼

ま、まずい。なんとか誤魔化さないと。

「な、な、なんのことでしょう？　さっぱり分かりませんが……」

もはや呂律《ろれつ》は回らず、額に大量の汗をかく。

それでもバレる訳にはいかない。バレたら間違いなく逮捕される。

「おい、悠真……あのな～」

「待て」

なにか言おうとした神崎をアイシャは手で制し、ギロリと睨《にら》みつけた。

「ここは私が話す。いいな？」

「お、おう……」

その迫力に押されたのか、神崎は素直に引き下がった。

「悠真くん、君が言いたくないのは、もちろん理由があるんだろう。それを無理矢理教えろなんて、とても厚かましいお願いだ」

アイシャは柔和《にゅうわ》な表情を浮かべた。だが目の奥がギラついているように見える。

「そこで我々もリスクを負うべきだと思うんだよ」

「リ、リスク？」

言ってる意味がよく分からない。隣にいる神崎も困惑しているようだ。

「君はダンジョン関連のことで何か隠している。だが、私は研究者としてどうしてもそれが知りたい。そこで――」

アイシャはテーブルの上に一枚の紙を差し出した。

「これが私からの提案だ。三鷹《みたか》悠真くん」

「なんですか？　これ」

「秘密保持契約書だよ」

「秘密保持……契約書？」

「そう、本来は企業間で締結されることが多い契約だけど、今回は個人間で締結しようと思ってね」

アイシャは契約書の項目を指差しながら、詳しく説明してゆく。

「これは弁護士に作成させた正式なものだよ。もし私たちが君から聞いた内容を外部に漏らせば、賠償金を支払う契約になっている」

「賠償金ですか」

「額は一億だ」

「い、一億⁉」

悠真が目を剝《む》いて驚くと、アイシャは部屋の中を見渡した。

「ここは私の所有物でね。建物はボロいが、土地はそこそこの値段になる。貯金と合わせれば一億ぐらいにはなるだろう。それに——」

アイシャは胸ポケットからボールペンを取り出し、隣にいる神崎に見せる。

「ほれ、サインしろ」

「え⁉ 俺も契約すんのか？」

「当たり前だ。それともお前はべらべらと秘密をしゃべるのか？」

「バ、バカ言うな！ もちろん守るに決まってるだろう。俺をなめんじゃねぇ！」

「じゃあ、問題ないな」

差し出されたペンに、神崎は「うっ」と反応するが、「当然だ！」と言って書類にサインした。

「印鑑も持ってきたろうな」

「そのために持ってこさせたのか⁉」

神崎は渋々懐《ふところ》からハンコを出し、契約書に捺印《なついん》する。

「さあ、これで君の秘密が漏れることはない。本来、こういった契約書では犯罪等に関することは除外事項にするのが普通なんだが、この契約書では除外していない。つまり君に有利な条件で書かれているんだ。もし疑うのなら書面を持ち帰って弁護士に確認してもらっても構わないよ」

「い、いや、それは……」

悠真はどうしたものかと思い悩む。確かに神崎とアイシャが他の人に漏らす可能性は低いだろう。

だが、絶対に情報が漏れないとは言い切れない。

「その……秘密なんて特にありませんが……なにかの勘違いじゃ？」

しらを切り通そうとする悠真に、神崎は「ハァ～」と息を吐く。

「あのなぁ、悠真。この前、魔法が使えるって箱を会社で見せただろ？」

「え、ええ、あの地上でも魔法が使えるってやつですね。見ましたけど……」

「あれ、真赤《まっか》な嘘《うそ》だ」

「ええ⁉」

「あれはただのガラクタで、そんな効果は一切ない！　しょーもない嘘ついて悪かったが、アイシャがお前の〝マナ〟が異様だって言うから確かめたんだ。まさか本当に地上で魔法が使えるとは思ってなかった」

「そ、そんな～」

「だから諦めろ！　正直に洗いざらい吐いちまえ。嘘は言ったが、俺は約束を絶対に守る。お前の秘密はここにいる三人だけに留《とど》める。舞香《まいか》にも田中《たなか》さんにも言わん！」

神崎《かんざき》は真剣な眼差《まなざ》しでハッキリと言い切った。

確かに神崎がべらべらと人に話す姿は想像できない。アイシャも、こんな契約書を用意するぐらいだ。

口外することは無いだろう。仕方ない――

「分かりました。でも、誰にも言わないで下さいよ」

「もちろん分かっているよ」

「当然だ」

悠真《ゆうま》はふうっと息を吐いてから、居住まいを正す。

「実は……一昨年《おととし》の夏頃なんですけど」

「ふんふん、夏頃」

アイシャは身を乗り出す。目はランランと輝き、狂気を帯びているようにも見える。

――大丈夫だろうか？

「……家の裏庭に、穴が開いてたんです。何だろうと思って中を覗《のぞ》くと魔物がいて」

「ダンジョンかい⁉」

「は、はい……」

アイシャは顎に手を当てて、何かをぶつぶつと呟《つぶや》き始めた。

「なるほど、庭にダンジョンか……ありえるな。民間の敷地にダンジョンができた例など、いくらでもあるし。そうか、庭にダンジョンが……」

「あの～、話を続けてもいいですか？」

「あ？　ああ、すまない。続けてくれ」

「そのダンジョンがとても小さくて」

「小さい？　小さいってどれくらいだい？」

あまりに口を挟むため、隣にいる神崎が呆《あき》れ顔になっている。

「一メートルくらいの深さで、畳一畳分の広さですね」

「あーちょっと待って！　メモを取る」

アイシャは慌てて机の引き出しの中を漁《あさ》り、メモ用紙を持ってくる。ページを開き、ボールペンを片手に「さあ、どうぞ」と促してきた。

悠真は一つ息を吐き、話を続ける。

「穴の中を懐中電灯で照らすと、その中に――」

「穴はどんな形をしてたの？」

「え、形ですか？　そうですね……丸い縦穴があって、その奥に続く横穴があるって感じの……そうそう、ちょうど長靴みたいな形ですよ」

「長靴？」

「それで、その穴の中にいたのが……」

「穴の中は土だったのかい？　岩壁じゃなくて？　他には――」

「だ――うるせえ‼」

あまりに話の腰を折るアイシャに、とうとう神崎がぶち切れる。

「ちったあ、黙ってろ！」

アイシャの口を押さえつけ、モゴモゴ言っているのを無視して悠真に向かい叫ぶ。

「いいぞ悠真！　先を話せ」

「あ……はい」

手を振りほどこうと暴れているアイシャに戸惑いながらも、悠真は話を続けることにした。

「それで穴を確認したら……そこに〝金属のスライム〟がいたんです」

「『金属のスライム？』」

口を塞ぐ手を払いのけたアイシャと神崎の声が重なった。

「なんだい？　金属のスライムって」

アイシャが不思議そうに聞いてくる。悠真は金属スライムのことや、ドロップした魔鉱石のこと、しばらくするとダンジョンが消えたことなど、詳しく説明した。

「……なるほど。金属スライムか。噂《うわさ》には聞いたことがあったが本当にいたんだね。そうか、そうか」

アイシャは嬉《うれ》しそうに何度も頷《うなず》く。

「それで、その魔鉱石の『金属化』は、今使うことができるのかな？」

「はい、できます」

「ちょっと見せてもらっても？」

「分かりました」

悠真は立ち上がり、ふんっと体に力を入れて『金属化』の能力を発動した。皮膚が徐々に黒く染まり、鋼鉄の鎧《よろい》が全身を包む。

長い角が額から伸び、口からは凶悪な牙を覗かせる。変身した悠真の体は、大柄の神崎を軽く上回っていた。

「ああああああ！　凄《すご》いよ、これが『金属化』の能力か‼」

アイシャは大喜びでペタペタと悠真の体を触ってくるが、その後ろで神崎は「怖《こわ》っ！」と驚き、慄《おのの》いていた。

「なるほど、確かに硬いけど、筋肉部分は弾力もあるね。私は長年『黒のダンジョン』を研究してるが、こんな劇的な変化を起こす魔鉱石は初めて見るよ」

「お前……よく普通に触れるな。見た目、完全に化物だぞ」

神崎は恐ろしい悠真の姿にたじたじになっていたが、まったく意に介さないアイシャに呆れてしまう。

五分が経《た》ち、体が元に戻ってもアイシャは興味深そうに悠真の体を触り続けた。

「なるほど、なるほど……それで、そのダンジョンには金属スライム以外の魔物は出なかったのかい？」

「全部金属スライムでしたけど、色違いは出てきましたね」

「色違い？　なんだい、それは？」

「ずっと金属スライムを倒し続けてたら、『金』『赤』『青』『黄色』『緑』の順で出てきたんですよ」

「ほうほう、色違いね」

アイシャは自分のメモ用紙に、サラサラと書き込んでゆく。

「色以外に、違いはあったのかな？」

「そうですね。強くなってたのと、あと〝魔鉱石〟の能力が違いましたね」

「魔鉱石の能力？　そんなに違うのかい」

目をランランと輝かせて近寄ってくるアイシャを手で制し、悠真は話を続けた。

「赤は『火の耐性』が付きました。青、黄色、緑もそれぞれ水、雷、風の耐性が付いたみたいです」

「耐性、か」

アイシャは腕を組んで「う～ん」と唸《うな》ると、辺りを歩き回る。どうやら何かを考えているようだ。

「なるほど……黒のダンジョンの魔物は魔法が効きにくいと言われていたが、そうか……やはりそんな魔物がいたか。だとすると――ぶつぶつぶつ」

「あ、あの……」

悠真に声をかけられ、我に返ったアイシャは「ああ、失敬」と詫《わ》びてきた。

「黒のダンジョンの魔物は『白のダンジョン』と同じように火と雷の魔法が有効なんだが、稀《まれ》に火も雷も通用しない魔物がいるんだ。まあ、それが敬遠される理由の一つでもあるんだけどね。君の言うことが本当なら、魔法がまったく効かない魔物がいるということ。実に興味深いよ」

「は、はあ」

「それで『金』のスライムはどんな魔鉱石を生み出したんだい？」

「あ、はい。金色の魔鉱石の能力は『黒のダンジョン』でのドロップ率を１００％にするみたいです」

「ん？」

「ですから、魔鉱石が確実にドロップする……」

「ん？　ん？　なに、なに。なにを言ってるんだい？　魔鉱石が？」

「はい」

「１００％ドロップする？」

「はい」

「そう言っているのかい、君は？」

「そうです」

アイシャは天井を見上げ、その場でゆっくりと回り始めた。何をしているのか分からず、悠真と神崎は困惑した顔になる。

回転がピタリと止まると、アイシャはツカツカと悠真の元まで歩き、ガシリと両肩を摑《つか》んだ。

顔を近づけ、真剣な眼差しで悠真を見つめる。

「本当に、本当に、本当に、ほんと――にドロップ率が１００％になったのかい⁉」

「ほ、ほ、ほ、本当です」

あまりの迫力に気圧《けお》された悠真は、恐怖でチビりそうになる。

「クックック……それが本当なら、黒のダンジョンの研究は劇的に進むことになる。まさに世界で最高の能力だ。魔鉱石のドロップ率は魔宝石よりほんの少し低いんだよ。それが１００％ドロップするなんて本来ありえない。まあ、後々検証してみようじゃないか。いいだろ、悠真くん？」

「え、ええ」

アイシャは最高の能力と言ったが、金《かね》にならない魔鉱石がいくら手に入っても仕方ないだろうと悠真は思っていた。

「出てきた金属スライムの種類はそれで全てかい？」

「あー最後に出てきた、やたらデカイ金属スライムがいました。無茶苦茶強くて倒すのに苦労しましたけど」

「デカイ金属スライム？　そいつはただ大きいだけなのか？」

「いえ、体の形を変えてましたね。魔鉱石の能力もそんな感じでしたし」

「体の形を変える魔鉱石？　ちょっと見せてもらってもいいかな」

「分かりました」

悠真《ゆうま》は『金属化』し、怪物の姿に変身した。そして『液体金属化』の能力を使い、体をゲル状に溶かして丸い金属スライムになってみせる。

触手を何本か生やし、ピョンピョンと跳び回った。

「こんな感じです」と言って悠真が振り返ると、神崎《かんざき》とアイシャは目を見開き、口をあんぐりと開けたまま絶句していた。

「いやいやいや！　完全に魔物じゃねーか‼」

神崎が蒼白《そうはく》な顔で叫ぶ。

「素晴らしい！　実に素晴らしいよ。悠真くん‼」

反対にアイシャは破顔してしゃがみ込み、金属スライムとなった悠真をまるで愛犬でもかわいがるように「よしよしよーし」と撫《な》でまわした。

「おもしろいよ！　こんな能力があるなんて‼」

「は、はあ……」

悠真は頬ずりしてくるアイシャに困惑しながらも人の姿に戻る。するとアイシャはすぐさま悠真の手を取った。

「君がいてくれれば『黒のダンジョン』の調査は一気に進むよ！　私と一緒に是非、黒のダンジョンに入ってくれないか？」

「え、黒のダンジョンですか？　でも、あそこって規制が厳しくて許可が無いと入れないんじゃ……」

それを聞いてアイシャは不敵な笑みを浮かべた。

「私は『黒のダンジョン』へ入る許可を受けた、数少ない研究者の一人だよ。そして私だけではダンジョン深くまでは潜れない。だから一緒に行ってくれる探索者《シーカー》も当然『黒のダンジョン』に入る許可が出る。なんの問題もないだろう？」

「そ、そうなんですか」

「D－マイナーには『黒のダンジョン』の探索依頼を出している。一緒に行ってくれるね、悠真くん！」

「あ、いや、会社のことを決めるのは社長なので……」

チラリと神崎を見ると、まだ混乱しているようだった。

「鋼太郎《こうたろう》！　かまわんよな。前から黒のダンジョンの探索を依頼してるんだ。悠真くんと一緒に受けてもらうぞ！」

「え？　し、しかしな……」

「しかしもクソもない！　私に一体いくらの借金があると思ってるんだ。すぐにでもまとめて返してもらおうか‼」

「う……それは」

言葉に詰まる神崎を他所《よそ》に、アイシャは悠真に満面の笑みを向ける。

「約束通り、君の秘密は守るよ。その代わり、私の調査に協力してほしいんだ。なぁに、そんなに難しいものじゃないよ」

「わ、分かりました」

「そういえば、そのデカスライムは最後に出てきたと言ってたね。そいつを倒したあと、ダンジョンは消えてしまったのかい？」

「はい、そうです」

「それは穴を発見してから何日後のことかな？」

「えーと、４１３日後ですね。社長たちから、エレベーター式ダンジョンの話を聞いてたんで、ひょっとして庭の穴もエレベーター式かもって思ったんですけど……」

「エレベーター式……確かに、そんな噂があったね。まあ眉唾ものだが」

アイシャはフフッと笑い、顎をさすりながらどこか遠くへ視線を移した。

代わって神崎が悠真の顔を覗《のぞ》き見る。

「なんだ悠真。あんな話本気にしてたのか？　ただの与太話だって言っただろ」

「そうですよね」

ハハと頭を掻《か》いて照れる悠真に、今度はアイシャが声をかける。

「そうそう、悠真くん。君の身体検査の結果を、詳しく説明する約束だったね」

「あ、はい」

悠真は姿勢を正した。

「結論から言うと、君の〝マナ〟は特殊でね。凄《すご》く測りづらい性質を持っている。恐らく金属スライムなんて変わった魔物を倒したせいだろう」

「あ～そうなんですか」

「私の作った『マナ測定器』ならなんとか測れたが、それでも完璧じゃない。君のマナも正確には測定できなくてね」

神崎が「ん？」と言って怪訝《けげん》な顔をする。だがアイシャは構わず話を続けた。

「大まかに分かったのは、君の〝マナ指数〟は２００ほどあるってことだ」

「え!?　そんなにあるんですか？」

「ああ、そうだよ。まあ、私の測定器でしか測れないから、他のところでマナがあるって言わない方がいいよ。変なヤツだと思われちゃうからね」

「そうなんですか……まあ、マナがあったならいいですけど」と笑顔を見せる悠真とは逆に、神崎は「おいおい」とアイシャに突っかかる。

「どういうことだ？　マナは測れたって――」

ドスッとアイシャの肘が神崎の脇腹に突き刺さる。「うっ⁉」と悶絶《もんぜつ》する神崎を「ちょっと来い」と言って部屋の外に連れ出す。

「どうしたんですか？」

悠真が聞くと、アイシャは「なんでもないよ。ちょっと待っててね」とニコやかに返した。

◇◇◇

「おい！　なんだよ、マナが２００って。完全に嘘《うそ》じゃねーか‼」

「バカかお前は、じゃあ本当のことを言うのか？　そんなことをしたらどうなるかぐらい分かるだろう」

「どうなるって……なんだよ？」

アイシャはハァーと溜息《ためいき》をつく。やれやれと背を壁につけ腕を組んだ。

「よく考えてみろ！　もしも三鷹《みたか》に４６万もマナがあるなんて言ったら、彼はどうすると思う？　当然、金になる大企業に移ろうとするはずだ」

「大企業って……でもお前の『マナ測定器』でしか測れないんだろ？　だったらマナが多いって証明できないんじゃねーのか？」

「おめでたい奴《やつ》だな、お前は。証明する方法なんていくらでもある。一番手っ取り早いのは地上で魔法を使うことだ。お前が魔法の使い方を教えたんだろ？」

「あ……」

「それを企業の面接に行って見せたらどうなる？　大騒ぎになって、なにがなんでもマナを測定しようとするだろう。大企業が力を入れれば、特殊な測定器などすぐにできてしまうぞ」

「う……確かにそうかもしれん」

「いいか！　三鷹には絶対に本当のことを言うな。お前の会社に莫大《ばくだい》な利益をもたらすかもしれないし、私にとっては最高の調査対象だ。手放す訳にはいかない」

アイシャの目が血走り、狂気を宿す。

「もしも三鷹に余計なことを言って私の研究を邪魔してみろ。お前を殺すからな」

「お……おう……」

付き合いが長いからこそ神崎には分かった。マジだ。こいつ、マジで言ってる。

アイシャはフフフと不気味な笑みを浮かべながら、悠真のいる部屋に戻っていく。

「待たせたね～、悠真くん」

猫なで声のアイシャを見て、神崎は絶対逆らわないでおこう、と強く思った。

◇◇◇

「明日から悠真と二人で、『黒のダンジョン』に行くことになった」

「え⁉　急に？」

会社に戻って来た神崎は、黒のダンジョンの調査依頼を正式に受けたことを舞香《まいか》や田中《たなか》に報告する。

「あそこは何度か調査に行ってるけど、どうして急に悠真くんを連れていくの？」

舞香が不思議そうに聞いてくる。詳しいことを教えることはできないため、神崎はめんどくさそうに口を開く。

「あ～あれだ。悠真はまだ〝魔力〟が低いからな。魔法が効きにくい黒のダンジョンなら、俺と若い悠真のコンビが最適だろ」

神崎の説明にもイマイチ納得していない舞香だったが、

「う～ん、まあ、そうか……確かにあそこの魔物を倒すのは腕力がいるもんね」

「そ、そうそう、そういうことだ。田中さん！」

「はいはい」

デスクに座っていた田中が立ち上がり、小走りでやってくる。

「俺と悠真は一ヶ月ほど横浜に行ってくるんで、田中さんは舞香と『青のダンジョン』に潜ってもらえますか。二十階層で〝アイオライト〟の採取をお願いします」

「あー、アイザス社から依頼されてた魔宝石ですね。分かりました。ところで社長、アイシャさんからの依頼はギャラが安いからって渋ってましたけど、どうして引き受ける気になったんですか？」

「う～それは……」

神崎は黒のダンジョンに関する調査を、何かにつけて先送りにしてきた。それは舞香や田中もよく知っていたため、なんと答えようか一瞬悩む。

「ほ、ほら。これ以上断ったら、どんな文句を言われるか分からないから……いい加減受けないと」

「あははは、確かにそうですね。調査を受ける約束はずっとしてましたし、さすがにこれ以上は延ばせませんよね」

「そ、そうなんだよ。ハハハ」

「分かりました。〝アイオライト〟の採取は僕と舞香ちゃんに任せて下さい！」

「ああ、頼んだ」

神崎《かんざき》はふぅ～と息を吐き、自分のデスクチェアに腰を落とす。見れば悠真《ゆうま》は楽しそうに舞香たちと談笑している。

――あれが世界最大のマナ保有者だってのか？　未《いま》だに信じられねえ。

もし本当に莫大なマナを持っていたなら、単に強い探索者《シーカー》になれるって話じゃない。四元素、全ての攻撃魔法を極め、回復魔法まで使うことができる。

今、世界最高の回復魔法の使い手は、インドの女性ガウリカ・ナイドゥ。

奇跡の救世主《メサイア》と呼ばれ、どんな瀕死《ひんし》の病人や怪我人《けがにん》でも、その神の御業《みわざ》で治すと言う。

だが治療費は数億から数十億。どこぞの大富豪が数百億だしたなんて噂《うわさ》もある。そんな彼女でさえマナ指数は４８００。

回復魔法の魔力が１万を超えると、死者さえ蘇《よみがえ》らせると言う学者もいる。

本当かどうかは分からんが、４６万のマナがあるなら回復魔法に１０万振り分けてもお釣りがくるだろう。

そうなれば、もはや神に等しい存在だ。そんなことがありえるのか？

確かめてみるしかない。今回の探索で――

◇◇◇

翌日、横浜駅に悠真たちの姿があった。

繁華街が陥没する形で現れた『黒のダンジョン』。

百階層を超える【深層】のダンジョンであり、周辺に甚大《じんだい》な被害をもたらしたこともあって、出現時は大きなニュースとなった。

国は激甚災害《げきじんさいがい》と認定し、復興支援を行うと同時に、ダンジョンの入口を封鎖するための施設を造ることを決定。

今では横浜駅の目の前に、防衛省が管理する厳《いか》つい要塞が鎮座する。

「本当に、こんな街中にあるんですね」

悠真はそびえ立つ建物を見上げながら、ボソリとつぶやく。

「まあな、日本に出現したダンジョンの中じゃあ、一番被害を出したんじゃねーか」

悠真の後ろで、同じように見上げていた神崎が言う。

「おーい、なにしてる。早く来たまえ！」

アイシャが手を振りながら、建物の入口へと軽快に走ってゆく。白衣の背に大きなリュックを担ぎ、はしゃいでいるように見える。

その様子は、普段の陰鬱な研究者の姿からは想像もできない。

「アイシャさんもダンジョンに入るんですか？」

「まあ……調査が目的だからな」

「……邪魔じゃないですかね」

「……それは言うな」

この仕事は階層攻略に加えて、アイシャの護衛任務を兼ねているらしい。

なるほど、神崎がずっと嫌そうな顔をしているのも頷《うなず》ける、と悠真は思った。

コンクリートの物々しい扉を抜け、建物に入ると制服を着た自衛官が手続きをしてくれる。

アイシャが入場許可証を見せ、神崎と悠真も付き添いの探索者《シーカー》として登録された。

隊員に案内され、施設内の奥へ進む。いくつもの重厚な扉を抜けた先、辿《たど》り着いたのはドーム型のホール。

そこにはポッカリと口を開けた、大きな縦穴があった。

「さあ、ここが『黒のダンジョン』――〝深淵《しんえん》〟だよ」

アイシャは不敵な笑みを浮かべ、おどけたように言った。

「〝深淵〟？　名前が付いたダンジョンなんですか？」

深層のダンジョンには名前が付くことがあるが、日本では聞いたことがない。

「私が付けたんだよ。愛着が湧くだろ？」

フフフと笑いながら階段を下りていくアイシャを見て、神崎と悠真は先が思いやられると溜息をついた。

◇◇◇

「社長、ここには何度か来てるんですよね」

「ん？　ああ、三回ほどな。深いダンジョンだが、一層一層の面積はそれほど大きくない。魔物さえいなけりゃ、下には行きやすいんだ」

神崎と悠真、アイシャの三人はダンジョンの一階層を歩いていた。

ゴツゴツとした岩壁が続く洞窟。辺りは薄暗く、かろうじて周りが見渡せる程度の光源はある。

深層のダンジョンのはずだが〝迷宮の蜃気楼《しんきろう》〟のような現象は起きていない。

「さあ、君たち！　もっと速く歩かないと日が暮れてしまうよ」

アイシャは意気揚々と先頭を歩く。その様子に悠真は戸惑っていた。

「大丈夫なんですか？　ダンジョンで探索者《シーカー》でもないアイシャさんが先を行って」

「まあ、まだ浅い階層だからな。そんなに危険な魔物はいないが……」

神崎は太い六角棍《こん》を肩に乗せ、うんざりした表情でぼやく。悠真もいつも使っているピッケルを持ち、辺りをキョロキョロと警戒していた。

見かけるのはカサカサと地面を這《は》うダンゴ虫のような魔物だけ。

そこそこ大きいが、あまり強そうには見えない。

「今日は、何階層まで潜る予定なんですか？」

「う～ん、アイシャは十階層まで行くって言ってたな」

「十階層の魔物って強いんですか？」

「まあな。この『黒のダンジョン』は強力な魔物がわんさかいる。中層であっても【深層の魔物】クラスの厳つい奴らがゴロゴロいるんだ。だから以前来た時は、十階層より下には行かなかったな」

「深層の魔物？　聞いたことはありますけど、それってどれぐらい強いんですかね？」

「そうだな……この前討伐に行った巨大なサラマンダーがいたろ。俺たちは直接戦わなかったが、あの魔物より強いと思うぜ」

「へ～そうなんですか……やっぱり、すごい魔法とか使うんですか？」

「いや、魔法っつーか。ここにいる魔物はみんな馬鹿力で、硬いヤツが多いんだよ。体が岩や鉄でできてるような」

神崎は眉間にしわを寄せる。

「本来は『白のダンジョン』と同じように〝火〟や〝雷〟の魔法が効くはずなんだ。ところが、その魔法にも『耐性』を持った魔物がチョイチョイいる。力はつえーわ、体はかてーわ、魔法は効かねーわ。そのうえ、ドロップした魔鉱石は金にならねーし、大した能力も得られねーし、ドロップ率自体も低いし……。本当に最低のダンジョンだ‼」

「人気が無い訳ですね」

――誰も入りたがらない理由は分かる。でも、だったらどうしてアイシャさんは黒のダンジョンに拘《こだわ》るんだろう？

「アイシャさんって、黒のダンジョンしか研究してないんですよね？」

「変わり者なんだよ。黒のダンジョンの研究なんて、あいつしかやってないからな。周りを見てみろ！」

神崎に言われて辺りを見回すが、自分たち三人以外、人っ子一人いない。

「誰もいませんね」

「当たり前だ！　こんな所入ってる物好きは俺たちぐらいなもんだ。あいつに付き合わされるのは勘弁してほしいぜ」

語気を強めて愚痴を零《こぼ》す神崎だが、どこか諦めた表情にも見える。

「まあ、とは言え。結果的に黒のダンジョンの研究に関しては、世界でも一目置かれてるらしいけどな」

「え？　そうなんですか」

「変人も突き抜ければなんとやらだ。政府も補助金を出すぐらいだからな。それなりの成果を上げてるんじゃねーか？」

神崎の小言を聞きながら歩き続け、二時間ほどで八階層に辿り着いた。

「さて、ここで始めようか」

アイシャはピタリと足を止め、振り返って悠真たちを見る。

「この階層には弱い魔物が複数種、それなりの数がいる。そこで、その魔物を悠真くんに倒してもらいたいんだ」

「俺が、ですか？」

急な話に悠真は驚く。

「そう！　君のドロップ率が本当に１００％か確かめるんだよ。鋼太郎《こうたろう》はそのサポートを頼むぞ」

「へいへい、分かったよ」

悠真は仕方なく辺りを見回し魔物を探す。確かに一階層よりうろついてる魔物は多い。大きなダンゴ虫や、ミミズのようにうねっているもの、アルマジロに似た魔物もいる。

悠真は取りあえずダンゴ虫を倒すことにした。

持っていたピッケルを振り上げる。

「よっ！」

全力で振り下ろす。カキンッと甲高い金属音が鳴り、ピッケルが弾《はじ》かれた。

「え⁉　こんなに硬いの！」

悠真は唖然《あぜん》とした。金属スライムほどではないにしろ、思っていたより遥《はる》かに硬い。まさに鉄鎧《てつよろい》のダンゴ虫だ。

「なんだ悠真、そのへっぴり腰は！　もっと気合いを入れろ‼」

神崎の檄《げき》が飛ぶ。そんなこと言われても、と思いつつ、悠真は何度もピッケルを叩《たた》きつけた。

だが倒すことはできず、ダンゴ虫はカサカサと動き回る。

それほど速くはないが、振り下ろしたピッケルが外れることもあった。

「くそ！」

「ええい、まったく！　どけ悠真《ゆうま》、俺がやる‼」

神崎《かんざき》がダンゴ虫に近づき、振り上げた六角棍を、躊躇《ちゅうちょ》なく叩きつけた。

ダンゴ虫はブチッと潰れ、最後にはサラサラと砂になって消えていく。

「どうだ、大したことねーだろ？」

「は、はあ……」

さすがに腕力が違うな。と感心していると、向こうからアイシャがツカツカと歩いて来る。

「おい！」

神崎の胸ぐらを摑《つか》んで睨《にら》みつける。

「お前が倒してどうする！　悠真くんが倒さなきゃ意味ないだろ‼」

「あ……そうだった……」

神崎は遠い目をして謝った。

その後も何度かダンゴ虫を倒そうとするが、なかなかうまくいかない。

ミミズのような魔物に挑戦するも、こちらは弾力があってピッケルを弾き返されてしまう。

アルマジロの魔物に至ってはもっと硬かった。

「ハァ……ハァ……社長、しんどいです」

「なんだ、情けない。若いんだから、しっかりしろ！」

神崎はやれやれと言いながら、ダンゴ虫を一匹捕まえてくる。

「おい、悠真。俺がコイツにダメージを与えておくから、お前が止《とど》めを刺せ」

「あ、はい！　分かりました。お願いします」

魔物を最後に倒した人間が多くの〝マナ〟を獲得することが分かっているため、悠真はありがたくその提案に乗っかることにした。

神崎は足元にダンゴ虫を放り投げ、六角棍の柄の先で軽く潰す。

ブチッ――

「あ」

ダンゴ虫はサラサラと砂になり消えていった。

「おい！　お前は自分の馬鹿力も理解できないのか⁉」

アイシャに首を絞められた神崎は「すまん……」と、ただただ謝るしかなかった。

◇◇◇

「しかし、これでは埒《らち》が明かないな。研究に必要な〝魔鉱石〟が確保できない」

アイシャは神崎と悠真の体《てい》たらくに不満を漏らす。

「予想以上に悠真の基礎体力がねーんだよ。これだから最近の若い奴《やつ》は……」

まったく。と頭を振る神崎を見て、悠真は神崎の力が強すぎるだけじゃないのか？　と不満を持つ。

「俺の力じゃ簡単には倒せませんよ」

悠真の泣き言を聞き、アイシャは「う～～～ん」と考え込む。すると、なにかを思いついたか、ポンッと手を打つ。

「そうだ。悠真くん『金属化』してくれないか」

「金属化ですか？」

突然の提案に、悠真は困惑する。

「そう、金属同士のぶつかり合いなら、より硬度が低い方が傷つくはずだ。ここには私たち以外はいないし、秘密がバレる心配もない。試してみよう」

「なるほど……分かりました」

悠真はフンッと力を入れ、体を鋼鉄へと変えてゆく。全身が黒く染まり、凶悪な怪物の姿へと変貌した。

ガンガンと両拳を叩き合わせ、「よし!」と言って前を向く。

「何回見ても、すげー能力だな」

神崎が感心する。悠真も気を良くして、さっそくダンゴ虫を倒そうと、動き回っている虫を捕まえてくる。

「ところでアイシャさん。このダンゴ虫って正式な名前とかあるんですか?」

「いや、他のダンジョンの魔物なら正式名称もあるが、黒のダンジョンは名前の無い魔物が多いよ。誰もつけないからね。まあ、私はダンゴ虫、ミミズ、アルマジロと呼んでいるが」

そのままじゃねーか! と悠真は心の中で思わず突っ込む。ダンジョンに名前つけてるぐらいなんだから、魔物に名前つけてもいいような気もするが……。

そんなことを考えながら、足元にいるダンゴ虫に視線を落とす。

拳を握り込み、全力で振り下ろした。

金属と金属の衝突音が、薄暗い洞窟に鳴り響く。拳を引くと、潰れて地面にめり込んだダンゴ虫が目に入る。

体が崩れ、サラサラと砂になっていく。

「一発か……なかなかの威力じゃねーか!」

神崎は思わず唸《うな》る。だが、もっとも喜んでいたのはアイシャだ。

「凄《すご》い！　凄いよ、悠真くん！　その姿になるとパワーも上がるんだね」

「え、ええ、筋力は何倍も強くなるみたいです」

「なるほど、なるほど。恐らくは『金属化』によって筋力量が増えているからじゃないかな。まあ、詳しく調べないと正確なところは分からないけど」

アイシャは悠真の側《そば》まで歩み寄り、屈《かが》んで地面の砂を払う。すると、そこには丸い鉄の塊が落ちていた。

「これは……魔鉱石の〝鉄〟じゃないか！　本当にドロップしてる」

アイシャは鉄の玉を拾い上げ、まじまじと見つめる。信じられないといった表情で、少し興奮しているようだ。

「いやいや、一回だけでは分からないな。たまたまの可能性もあるしね。悠真くん、もう一匹倒してくれ」

「はい、分かりました」

悠真は金属化したまま、魔物を探して回る。三分もかからずに、またダンゴ虫を見つけることができた。

岩と岩の隙間に、コソコソと隠れている。

「こんなところに……」

悠真は手を伸ばすが、岩が邪魔してダンゴ虫に手が届かない。

「仕方ないな」

自分の右手をドロリと溶かし、長い剣へと変える。これで突き刺すのが手っ取り早いだろう。そう思って剣を岩の隙間に入れようとした時、後ろから声をかけられた。

「待ってくれ、悠真くん。その手はなんだい？」

アイシャは悠真の右腕を凝視する。

「ああ、イメージすると、手を剣やハンマーに変えることができるんですよ。まあ、単純な物にしか変えられませんけど」

「そんなこともできるのか……それにしても、切れ味の良さそうな剣だね」

長く伸びた剣身を、アイシャは愛おしそうに撫《な》でる。その刃《やいば》には、全てを両断しそうな凄みがあった。

「じゃあ、ダンゴ虫を刺してみます」

悠真は剣の切っ先を、岩の隙間に向ける。軽く差し込むと、まるで豆腐でも切るようにダンゴ虫の体をスッと貫いた。

魔物は一瞬、身を硬直させたが、すぐに砂となって消えてしまう。

その砂の中に、直径一センチほどの鉄の玉が転がっていた。

「あああ！　また魔鉱石がドロップした‼」

アイシャは震える手で金属の玉を拾い上げる。

「連続で魔鉱石がドロップするなんて……確率的にはありえないことだ」

大切そうに魔鉱石を眺め、アイシャは笑みを浮かべた。

「フフフフフ、おもしろくなってきた。さあ、どんどん魔物を殺して、殺して、殺して、殺しまくろう！」

その狂気に満ちた笑顔に、悠真と神崎はドン引きしてしまう。

大丈夫だろうか、と怖くなってきたが、調査を途中でやめる訳にはいかない。仕方なく悠真たちは狩りを続けた。

魔物の数が多いため、打撃より剣で刺す方が効率的だとアイシャにアドバイスを受け、悠真は剣で狩りを進めることにした。

ダンゴ虫は急所に剣が刺されば一発で死に、急所を外しても二度、三度と刺せば砂になって消えていく。

ミミズは輪切りにすることが可能で、斬ってからしばらくは動いているものの、踏み潰してしまえば動かなくなり、砂になって消えていった。

一番厄介なのはアルマジロだ。

この魔物だけ刃が通りにくい。他の魔物とは桁違いの硬度だ。それでもまったく斬れない訳ではなかった。

何度か剣を突き立てれば、刃は通り、アルマジロの外殻を貫いた。

やはり、『金属スライムの剣』に斬れないものはないのだろう。その後もアルマジロを
苦慮しながら倒していると、アイシャが声をかけてきた。

「悠真くん、ピッケルに金属をコーティングすることはできるかい？」

「え？　コーティングですか？」

考えてもみなかった提案に悠真は眉根を寄せる。確かに『液体金属化』は応用力が高い。

物をコーティングするくらいならできそうな気もするが。

「やってみます」

地面に置いていたピッケルを手に取り、表面に液体を流すイメージを頭に浮かべる。す
ると手からメタルグレーの液体がピッケルの表面を這《は》い上がっていく。

ものの数秒で全体が覆われた。

「できました！」

「うん……これでこのピッケルは魔物より硬い武器に変わった。ヘッドの部分をより大き

く、ピックの部分をより鋭角にできるかい？」

「そうですね。試してみます」

意識を集中すると、ピッケルのヘッドの部分に液体が集まりだし形を作ってゆく。

二回りほど大きいハンマーのようなヘッドとなり、尖った部分《ピック》はツルハシのような形状へと変わる。

元々ピッケルの実物があるため、イメージはしやすい。

「よし、それでアルマジロを倒してみてくれ」

「はい！」

悠真《ゆうま》はピッケルを振り上げ、ピックをアルマジロに向ける。そのまま力いっぱい振り下ろすと、あれほど硬かった甲殻をやすやすと貫いた。

断末魔の悲鳴を上げたアルマジロ。間を置かずに絶命し、砂となって消えていく。

「やった！」

「これで八階層の魔物は一撃で倒せるようになったな。悠真、あとは狩りまくるだけだ！」

「はい、社長」

喜んでくれた神崎《かんざき》と一緒に、悠真は魔物を狩っていく。金属化は時間制限があるため、五分ごとに解除し、なるべく温存するように努めた。

悠真と神崎は逃げていくダンゴ虫やミミズを捕まえ、一ヶ所に集める。

ある程度数がそろうと、悠真は『金属化』してピッケルで叩《たた》き潰した。

重さを増したピッケルは、小さな魔物を容赦なく粉砕していく。今までで一番効率がいい。

硬いアルマジロもピッケルの尖った部分で突き刺せるため、流れ作業のように次々と砂に変えることができた。

そして――

「おおおお、すばらしいよ！　こんなに魔鉱石が手に入るなんて‼　本当にドロップ率が１００％なんだね。いや最高だ！」

アイシャは大喜びして、大量の魔鉱石をケースに取り分けていた。

ダンゴ虫の〝鉄〟、ミミズの〝銅〟、アルマジロの〝クロム〟。全部合わせれば、五十近くはあるだろうか。

――あんな風に喜ぶアイシャさんは見たことないな。

金属化が解けた悠真はピッケルを地面に置き、あぐらをかいて地べたに座る。顔には疲れの色が浮かび、額は汗だくだ。

「社長、さすがに疲れました」

「まあ、あれだけ倒せばさすがにな」

神崎はバッグからエナジードリンクを取り出し「ほれ」と言って渡してきた。

悠真は「ありがとうございます」とお礼を言い、ステイオンタブを引いて飲み口を開け、ゴクゴクと胃に流し込む。体中に染《し》み渡った。

「は～、もう体に力が入りませんよ。明日は全身筋肉痛だと思います」

「なんだ情けねえな。俺の若い頃は、丸一日魔物を倒し続けてたぞ」

「時代が違いますよ、社長。今はワークライフバランスを考えないと」

「なにがワークライフバランスだ！　しょーもねー横文字使いやがって」

息巻く神崎だが、さすがに疲れが出たのか、ドカリと悠真の隣に腰を下ろす。

「まあ、今日はこれで終わりだが、まだ一ヶ月もあるからな。明日からはまた気合い入れていこうぜ！」

「そうですね。まだまだ先は長いですし、がんばります！」

悠真と神崎がそんな話をしていると、アイシャが不思議そうな顔で見つめてきた。

「なにを言ってるんだ、君たち。これから十階層に下りて、別の魔物を狩るんだよ」

「「ええ!?」」

当たり前のように言うアイシャに、ヘトヘトの二人は「本気なのか」と青ざめた。

◇◇◇

悠真たちは十階層まで下りて金属のムカデや大きな蛇の魔物を何匹か倒し、その日は引き上げることにした。

ダンジョンを出て、事前に予約したビジネスホテルに向かう。

チェックインしたあと、アイシャは一人部屋に行き、悠真と神崎は同じ部屋で休むことにした。

「うう～、明日動けるかな～」

悠真は風呂《ふろ》から上がると、体中に湿布を貼りまくった。

全身が悲鳴を上げているようだ。ガチガチになった体を休めるため、ベッドで大の字に寝転がる。

「大丈夫か、悠真？」

缶ビールを飲みながら神崎が心配してくる。

「厳しいですよ。これが毎日続くんですか？」

「まあ、けっこうなスパルタだったな。しばらくすれば慣れるとは思うが……」

神崎の頑強な体ならともかく、自分の体ではもたないんじゃないだろうか？　と悠真は憂鬱な気分になった。だが「いかん、いかん」と首を横に振る。

――せっかく本格的なダンジョン攻略をしてるんだ。探索者《シーカー》として経験をガッツリ積まないと！

悠真は前向きに考え直し、体を休めるため早々《はやばや》と就寝した。

◇◇◇

「さあ、今日も張り切って行こう！」

翌日、揚々とダンジョンに入っていくアイシャの後ろを、悠真と神崎はゲンナリした表情でついていく。

「アイシャさん、今日も十階層まで行くんですかね？」

「いや……二十階層まで行くって言ってたぞ」

「ええ!?　十階層より下って危ないんですよね？」

「俺もそう言って強く反対したんだが……アイシャのヤツ、絶対に行く！　って聞かねえんだよ。お前がいればなんとかなるって言ってな」

「お、俺ですか？　期待されるのは嬉《うれ》しいですけど、大丈夫ですかね？」

神崎は「さあ、どうだろうな」と顎を摩《さす》りながら言う。

「黒のダンジョンの魔物はとにかく異質だ。パワーと防御力に特化してて、近接戦闘に関しちゃあ、六種のダンジョンの中で最強と言っていいだろう。お前の力も相当だと思うが、簡単に勝てるような相手じゃねえぞ」

「そう、ですよね」

悠真はやや不安になるものの、自分の力にはある程度自信があった。赤のダンジョンでは〝強化種〟と呼ばれる魔物も倒している。

――期待されてるなら、それに応えないと。やれるだけやってみよう。

八階層まで下りた悠真たちは、昨日と同じように魔物を次々と倒していく。

筋肉痛で動きが鈍い悠真に代わり、神崎が魔物を捕まえて慎重にダメージを与えてから悠真が止《とど》めを刺す。

この方法で魔鉱石をドロップさせ、昨日と同じペースで回収していく。

さすがに神崎も大変だったようで、半日でグロッキー状態になっていた。

それから一週間――

二十階層までを何度も往復しながら、さらに大量の魔物を倒していく。

十階層より下に進むと〝ゴーレム〟と呼ばれる魔物が出てくるようになった。二メートルはあろう岩のゴーレムに対し、悠真はいつものようにピッケルで叩き潰そうとした。

だが一撃では倒し切れず、何度もピッケルを振るうことになる。

「こいつら……けっこうタフだな」

さらに進むと、岩だけでなく、土や金属のゴーレムまで現れ始めた。

土のゴーレムは、破壊しても壊された部分が修復され、また襲いかかってくる。再生する魔物が少ないと言われる『黒のダンジョン』において、こいつは例外らしい。

ゴーレムは体のどこかに〝核〟と呼ばれる部分があり、今回出てきた土のゴーレムは、それが頭にあった。

悠真はその核を叩き潰し、なんとか魔物を砂に還《かえ》す。

しかし金属のゴーレムに至っては――

「なっ⁉」

悠真の振るったピッケルが、ガシリと摑《つか》まれる。必死に振り払おうとするものの、ピッケルはまったく動かない。

恐ろしいほどの馬鹿力だ。悠真はピッケルから右手を離し、そのままゴーレムの顔面を殴りつける。

金属のゴーレムはフラついて後ろに下がり、摑んでいたピッケルを落とした。

その隙に悠真は踏み込んで猛攻を仕掛ける。連続で殴ったあと、落ちていたピッケルを拾い上げ、横に薙《な》いで相手の土手っ腹に叩き込む。

怯《ひる》んだところにタックルし、ゴーレムを転倒させた。

あとは馬乗りになって殴り続ける。最後は頭の〝核〟を潰し、ゴーレムは砂に還った。

悠真はゆっくりと立ち上がり、ピッケルを拾う。

神崎やアイシャは「大丈夫か？」と心配して駆け寄って来たが、悠真は肩で息をしながら、地面に広がった砂を見つめる。

思った以上に苦戦した。そのことに、悠真はわずかばかり動揺する。

――これが、黒のダンジョンの魔物。

◇◇◇

週末の夜。横浜のビジネスホテルの一室に、悠真たちが集まっていた。

「さあ、見てくれ！　このすばらしい魔鉱石の数々を‼」

アイシャはテーブルの上に大量の魔鉱石を入れたケースを並べる。それを悠真や神崎に見せていた。

「これが〝鉄〟、これが〝鉛〟、こっちが〝銅〟で、他にも〝クロム〟〝カリウム〟〝アルミニウム〟……全部で四百二十一個もあるぞ！」

大喜びするアイシャに、神崎《かんざき》は「はいはい、良かったな」と空々しく答える。

「すごい数ですね。これだけあるのに、まだ魔鉱石を集めるんですか？」

悠真《ゆうま》が尋ねると、アイシャは笑いながら首を横に振った。

「いや、一旦研究所に帰って、この魔鉱石の分析をしようと思ってる」

「そうなんですか……じゃあ、俺と社長はその間なにしてればいいですかね？　しばらく休みたいんですけど」

悠真の言葉に、アイシャはキョトンとした顔になる。

「なにを言ってるんだい悠真くん。魔鉱石の分析には君が必要なんだよ」

「え⁉　俺ですか？」

突然聞かされた話に悠真は驚く。

「君にはこの魔鉱石を食べてもらって、身体能力がどう変化するのかを調査したいんだ」

「こ、これを食べるんですか……？　何個ぐらい食べればいいんですかね」

「ん？　もちろん全部だよ」

「全部⁉」

サラッと言われた一言に、悠真は衝撃を受ける。四百二十一個の魔鉱石を全部食えなんて正気の沙汰じゃない。

悠真は振り返って神崎を見るが、缶ビールを飲んでいた神崎は明らかに視線を逸《そ》らした。

――ダメだ。この人じゃ頼りにならない！

悠真はなんとか断ろうと、アイシャの説得を試みる。

「いや……でも、さすがに四百二十一個は無理じゃないですかね～。食べ切れませんよ」

「大丈夫、大丈夫。魔鉱石は体の中で溶けて無くなるから、お腹《なか》がいっぱいになることはないよ」

「いや、しかしですね。俺、マナ指数２００しか無いですし、こんなに魔鉱石食べたら、他の〝魔法〟が使えなくなっちゃいますよ！」

「大丈夫、大丈夫。魔鉱石の〝マナ指数〟は総じて低いんだよ。どれも小数点以下のものばかりだ。それに君は連日魔物を狩り続けてマナ指数も上がってるはずだからね。マナに関しては、私がしっかり計算しておくから心配しなくていいよ」

「いや～でもですね……」

ニコやかに笑うアイシャを見て、悠真はシドロモドロになる。十個や二十個の魔鉱石なら食べてもいい。

金属スライムの魔鉱石だって、たくさん食べてきたんだから。

でも四百二十一個は嫌だ！　体に悪い予感しかしない‼

「大丈夫だよ、悠真くん。本来回収した魔鉱石の所有権は依頼主の私にあるが、その魔鉱石を全部あげると言っているんだから悪い話じゃないだろ？」

「そ、それはそうかもしれませんが……全部食べたらどうなるんですか？　体がムキムキになるとか？」

「いやいや、大量に食べたとしてもね、それほどの効果は無いよ。魔鉱石の影響は少ないのが普通なんだ。君の使った『金属化』なんてのは異例中の異例だよ」

「そうなんですか」

「それにこの話は、鋼太郎《こうたろう》も承諾済みだよ」

「ええ⁉」

慌てて神崎の顔を見るが、神崎は一切、目を合わせようとしない。

――こ、こいつ……。

神崎に売られたことを理解した悠真は、がっくりと肩を落とした。

◇◇◇

週明けの月曜——

東京大田区にあるアイシャの研究所に、悠真たちの姿があった。研究所の一階は元々町工場だったため、かなりのスペースが確保されている。

屋内は裸電球が数個ぶら下がっているだけなので、総じて薄暗い。

部屋の至る所には、いくつもの機器が置かれていた。悠真はキョロキョロと辺りを見回しながら、神崎と共に奥にいるアイシャの元へと向かう。

「あの……これってなんですか？」

パソコンをいじっていたアイシャはピタリと動きを止め、こちらに視線を向ける。

「体力測定用の機器だよ。まずは君の身体能力を測らないと」

「は、はあ……」

アイシャは測定機器を手際《てぎわ》よく調整し、準備を進めていく。

「社長、これ本当に俺がやるんですか？　社長でもいい気がしますけど」

「まあ……俺は体力も体格も平均的じゃねーからな。お前の方がデータが取りやすいんだろうよ。それに身体能力が上がるんなら悪くねーだろ。もっと強くなれば魔物をたくさん狩れるんだからよ」

神崎はあっけらかんと言うが、未《いま》だに納得できない。

「さあ、悠真くん。準備ができたよ。測っていこうか！」

楽しそうに笑うアイシャを見て、悠真はもう諦めるしかないと悟った。

◇◇◇

「はい、力を入れて〜」

「ふんっ！」

悠真は握力計を握り込む。ギリギリと歯を食いしばり、力を出し切った。

「はいＯＫ、もういいよ」

今握っているのは、かなり精密に測ることができるデジタル握力計だ。

これ以外にも、垂直跳び用の測定機器やデジタル背筋力計を使って悠真の体力を数値化してゆく。

他にも反復横跳び、外に出ての二十メートルシャトルランなども行った。

「取りあえず、筋力関係はこれぐらいにしておこうか」

アイシャに休んでいいと言われたので、悠真は椅子に座って息をつく。

神崎が「お疲れ」と、タオルを持ってきてくれた。悠真は「ありがとうございます」と言って受け取り、顔や首を拭く。

本当に疲れた。そう思っていると、アイシャが笑顔でやって来る。

「悠真くん、休んでいる間にこれを食べようか」

丸い玉が大量に入ったケースを、悠真の前に差し出した。

「これって……」

「ダンゴ虫から採れた〝鉄〟の魔鉱石だよ。鉄は筋力を増強する効果を持つからね。まずはこれからだ」

「あ、はい」

ニコやかにペットボトルを渡してくるアイシャに、悠真は苦笑いするしかなかった。

仕方なく右手に鉄の玉、左手にペットボトルを持つ。

鉄の玉は全部で七十二個ある。はぁ～と溜息《ためいき》をつきながら、悠真は玉を口に運んだ。

◇◇◇

「う～～ん、なるほど、なるほど」

アイシャはニコニコしながらパソコンにデータを打ち込んでいく。鉄の玉を全て食べて休憩を充分とったあと、もう一度同じ体力測定を行った。

確かに鉄の玉は胃の中で分解されているようで、お腹が膨れることはなかったが、水で流し込んでいるのでその分は腹に溜《た》まってしまう。

だいぶ疲れたため、今日は終わりかなと思っていると――

「じゃあ悠真くん。今度は〝鉛〟をいってみよう」

「えっ⁉　鉛？　まだやるんですか！」

「もちろんだよ。鉛も筋力増強系の魔鉱石だからね。まとめて調べた方が効率的だ」

「筋力増強系以外にもあるんですか？」

「もちろんあるよ。視力を上げたり、動きを俊敏にしたり、持久力を上げたりするものもあるからね。まあ、数日かけて全部やるつもりだけど」

悠真は遠い目になる。終わった頃には死んでいるかもしれない。

その日は五十四個の〝鉛〟を食べたあと、再び体力測定を行い、やっと終了した。

次の日からもアイシャの容赦ない体力測定は続いた。

視力測定や、ビジョントレーニング機を使った動体視力測定、パソコンを用いた反射神経テストを行う。

昨日より体力を使わないからラッキーだと思っていた悠真だが、アイシャが持ってきた大量の〝アルミニウム〟の玉に顔が引きつる。

その日も百個ほどの魔鉱石を食べ、測定が終了した。

翌日はさらに地獄だった。持久力を調べるため、肺活量や長距離走のタイムを測ったのだ。午前中だけでクタクタになってしまう。

「さあ、悠真くん。これを全部食べて」

アイシャが持ってきたのは二百個近い〝銅〟と〝クロム〟の魔鉱石だ。

「午後も同じ距離走ってもらうから、それまでに食べちゃってね。フフフ」

もはや悪魔の笑みにしか見えなかった。

三日かけて全ての測定が終了。その日の夜、アイシャに呼ばれて悠真は神崎と二人で研究所の二階にやって来た。

「やあ、お疲れ！　分析の結果が出たからね。君たちにも報告しておくよ」

黒いファイルを持って楽し気にはしゃぐアイシャを、悠真は魂が抜けたような顔で眺めていた。

「素晴らしい結果になったよ！」

「悠真の身体能力がそんなに上がったのか？」

パイプ椅子に座った神崎が興味深そうに聞く。

「ああ、もちろん！　想像以上の成果だよ」

悠真も期待して顔を上げる。あまり筋力が強くなった感じはしないが、身体能力が向上していならありがたい。アイシャは黒いファイルを開いて読み上げる。

「悠真《ゆうま》くん、喜んでいいよ！　筋力は１・２％、視力は０・４％、動体視力は０・７％、敏捷性《びんしょうせい》は１・１％、そして持久力に至っては１・５％も向上していたからね!!」

高らかに叫ぶアイシャを前に、悠真は絶望した。

あんなに食って、それだけかと。

「それ……誤差の範囲じゃ……」

「なにを言うんだ。間違いなく、君の身体能力は強化されたんだよ！」

アイシャはそう言って、黒いファイルをバチンッと閉じる。

四百二十一個も食べてその程度の効果しかないなんて……筋トレした方が早いと言われる理由がよく分かった。

「いいかい、悠真くん。この身体強化は魔法の一種と考えられてるんだ。つまりダンジョンの外で使うことは本来できない。今回のデータも、ダンジョン内で測定したと言わないと論文に書けないからね。こんなに容易に調査できるのは素晴らしいことなんだよ」

「はあ……」

褒められても、とても喜ぶ気にはなれない。

「明日からはまたダンジョンに入る。今度は五十階層を目指す！」

悠真は目を見開いて驚く。五十階層といえば、かなりの深さだからだ。

「おいおい、そんな階層、俺と悠真だけじゃとても行けんぞ！」

「それをなんとかするのがお前の仕事だろ！　期待しているからな、鋼太郎」

そう言ってアイシャは部屋を出て行った。残された悠真と神崎《かんざき》は、一気に疲れが出てしまいハァ～と溜息をつく。

「社長、五十階層なんて本当に行くんですか？」

「まあ、依頼主の要望だからな。無下に断る訳にもいかんだろう。行ける所までは行かねえと」

神崎は椅子から立ち上がり、座っている悠真を見下ろす。

「悠真。体力作りも兼ねて、明日から格闘技を教えてやるよ」

「え、格闘技？　社長、そんなのできるんですか？」

「あたぼーよ！　若い頃はあらゆる格闘技をかじってたからな。空手、ボクシング、ムエタイに中国拳法、柔道やレスリングまで、一通りやってるぜ」

「凄《すご》いですね」

「お前も、強くなってもっと稼ぎたいだろ？」

「五十階層ですか⁉」

「それは、もちろんですが……」

「一流の探索者《シーカー》になるためには必要な努力だ！　気合い入れろ、悠真！」

確かにそうだ。自分の基礎能力が上がらなければ、探索者《シーカー》として成り上がるなど、夢のまた夢。悠真は気合いを入れ、神崎の顔を見る。

「分かりました。がんばります！」

次の日の朝から神崎の格闘技指導が始まった。ホテルの部屋でジャージに着替え、ストレッチを入念にする。

「まずは空手の正拳突きから教えてやる」

「はい！」

「足を肩幅に開いて、拳を腰に据えろ。肩の力を抜き、脇を締めるんだ」

「はい！」

悠真は言われた通りに構え、肩の力を抜いて呼吸を整える。神崎も同じように構え、お手本として〝正拳中段突き〟を見せてくれる。

「一、二、三、四、五！」

神崎は数を数える度、左右の拳を交互に前に突き出す。さすがに様になっていた。

「同じようにやってみろ」

「分かりました」

悠真も神崎のマネをして、腰を回転させ拳を突き出す。

「まだまだ腰が入ってねえ！　もっと足の体重移動と腰の回転を意識しろ‼」

「は、はい！」

格闘技などやったことのない悠真は、探索者《シーカー》として戦闘能力が上がるかもしれないと、張り切って拳を打ち出す。

「いいか悠真！　五十階層まで行くとなると、それ相応の覚悟が必要だ。お前の力が増々《ますます》必要になる。今よりもっと強くなって魔物を蹴散らすんだ」

「はい、がんばります！」

「取りあえず最初は正拳突きだけ形になればいい！　もっと足から腰、腰から腕に力を伝えろ‼」

「はい！」

◇◇◇

黒のダンジョン、三十階層――

「うおおおおおおおおおおおお！」

「うわああああああああああ！」

神崎と悠真の二人は、坂道を転がってくる岩の魔物から必死に逃げていた。

巨大な岩は、ほとんど鉄球と変わらない。ゴロゴロと転がる岩に衝突すれば、命は無いだろう。

「あ！　そうだ悠真。お前『金属化』して、正拳突き試してみろ！」

「ここでやるんですか!?　さすがに無茶じゃ……」

「金属化してればダメージは喰《く》らわないんだろ？　やるだけやってみようぜ！」

「わ、分かりました！」

全身に力を入れると、体は黒い鋼鉄へと変わってゆく。全身は鎧《よろい》に覆われ、怪物の姿になった悠真は、立ち止まって岩の魔物と向かい合う。

「さあ、来やがれ‼」

悠真は腰を落とし、拳を握り込んで〝正拳突き〟の構えに入った。

岩は地面でバウンドして向かってくる。眼前に迫る岩の魔物を睨《にら》みつけ、悠真は全力で正拳突きを放った。

洞窟内に響き渡る衝撃音。岩の魔物は木端《こっぱ》微塵《みじん》に破壊された。手応えを感じた悠真だが、自分の体も宙に舞っていることに気づく。

「なあああああ⁉」

悠真は岩に弾《はじ》き飛ばされ、岩壁に激突し、壊れた人形のようにゴロゴロと転がった末、倒れて動かなくなった。

「悠真――――‼　大丈夫か⁉」

慌てて神崎が駆けつける。金属の体を持ち上げて揺さぶると、悠真はハッと気がついて目を開けた。

「ああ⁉　びっくりした。死ぬかと思った！」

悠真は何事も無かったかのように起き上がる。

「だ、大丈夫なのか？　すごい衝突の仕方だったぞ！」

「あ～いえ、全然問題ないです。物理的なダメージは受けないんで」

その頑強さに、さすがの神崎も呆《あき》れてしまう。アイシャも駆けつけ、悠真の体に問題がないか入念に調べる。

無傷であることを確認すると、ホッと安心しているようだった。

その後も探索は続行され、最終的には三十二階層まで進む。翌日も同じように挑戦するが、魔物の数が多くなり、それ以上先に進むことはできなかった。

◇◇◇

夜――横浜のビジネスホテルの一室。

パソコンの前に、頬杖《ほおづえ》をついて座るアイシャがいた。ディスプレイにはメールの文面が開かれている。

いつものように缶コーヒーを飲みながら、一人でニヤリと笑っていた。

メールは国際ダンジョン研究機構《IDR》から、各国政府や研究者に送られたものだ。内容は〝オルフェウスの石板〟に起きた変化と、新規に出現したと思われる『黒のダンジョン』についての情報を求めるものだった。

メールがきたのは半年前。黒のダンジョンに関するものだっただけに、アイシャも興味を引かれたが、日々の研究の中で忘れていた。

だが、三鷹《みたか》悠真から庭にできた『小さなダンジョン』の話を聞いた時、すぐにこのメールのことを思い出した。

「彼が倒したと言った『色付きスライム』、そして最後に倒した『大きなスライム』。それらが出てきたのは、メールにある【公爵《デューク》】、【君主《ロード》】、【王《キング》】が討伐された時期と合致する」

なにより『金属化』という異常な能力。体を変化させる『液体金属化』、そして地上で魔法が使えるほどの、常軌を逸した〝マナ指数〟。

アイシャは確信したように笑みを浮かべる。

「彼が【黒の王】を倒した探索者《シーカー》だ」

椅子の背もたれに寄りかかり、足を組んでディスプレイの文面を見つめる。

国際ダンジョン研究機構《IDR》は、心当たりがあればすぐに報告するようにメールで促しているが、アイシャは報告する気などサラサラなかった。

「あんなに素晴らしい被検体を手放す訳がないだろうが、この戯《たわ》けどもが！　彼を利用すれば『黒のダンジョン』の謎を解明できるかもしれない」

アイシャはパソコンの横に置かれた小さな箱へと視線を移す。

「なにより、この魔鉱石を使うことができる唯一の人間だろうからね。楽しみだよ。本当に楽しみだ。クックック」

ホテルの部屋に、不気味な笑い声だけが響いた。

◇◇◇

「おい、悠真！　腕が曲がってないぞ。気合い入れろ‼」

「は、はい」

朝方――ホテルの一室で、悠真《ゆうま》は腕立て伏せをしていた。

神崎から腕立て五十回、腹筋五十回、スクワット五十回を、一日三セットやるように言われていたため、今日から実践していたのだ。

本格的な筋トレは初めてだったため、なかなかに辛《つら》い。

「うっし、腕立て終了。朝の分はこれで終わりだ。ダンジョンまではランニングで行くからな。まだまだこれからだぞ！」

「はい……」

もう四十を過ぎているはずなのに……なぜ神崎はこんなに元気なんだろうと、悠真は顔を歪《ゆが》めながら考えていた。

体をタオルで拭いたあと、自分たちの部屋を出てアイシャを迎えに行く。

すると、アイシャが一旦部屋に入ってくれ、と言うので、神崎と一緒に中に入ることにした。

悠真と神崎はベッドの横に置かれているソファーに腰かける。

「やあ悪いね。ちょっと話し合おうと思って」

アイシャが対面のソファーに座り足を組む。白いブラウスに黒のパンツ、白衣を着こんだいつものスタイルだ。

「なんだ？　話し合いって、これからダンジョンに行くんじゃねえのか？」

神崎《かんざき》が眉間に皺《しわ》を寄せる。アイシャは「もちろん、そうなんだが」と言って、両手の指を組んだ。

「鋼太郎《こうたろう》。どう思う？　今のままでの階層攻略は、難しいんじゃないか？」

「なにを今さら！　最初からそう言ってんじゃねーか！」

ニヤニヤと笑みを漏らすアイシャに、神崎が一喝する。

「五十階層なんてな、普通なら十人から二十人くらいの探索者集団《クラン》を作って行くのが常識だろう。たった二人で行こうなんて無茶なんだよ」

神崎に無茶だと言われても、アイシャは顔色一つ変えなかった。

「ああ、分かってる。そこでだ。私から提案がある」

「なんだよ、提案って？」

「悠真くんがもっと強くなれば、強力な魔物がいる黒のダンジョンでも、余裕をもって進めるはずだ。違うか？　鋼太郎」

「いや、まあ……そりゃあそうだが、そんな簡単にいくかよ」

神崎の言う通りだ。筋トレを始め、格闘技も教えてもらってるが、効果が出るには数ヶ月はかかるだろう。

魔鉱石も大した効果を発揮しない以上、すぐに強くなるなど到底無理だ。

悠真はそう思い、怪訝《けげん》な顔でアイシャを見る。だがアイシャは取るに足らないといった表情で笑っていた。

「なに、対策は考えてあるよ。ちょっと待っててくれ」

そう言って立ち上がり、部屋の片隅に置かれたボストンバッグを持ってくる。所々が傷んだ古びたバッグだ。

中から金属の器具と、拳大《こぶしだい》の白い筒を取り出した。

アイシャはニコニコと微笑《ほほえ》みながら、ローテーブルの上に白い筒を並べていく。

「な、なんだ、これ？」

神崎は困惑してアイシャに尋ねる。

「ふふん、ニトログリセリンを加工した物だよ」

「は⁉」

なにかとんでもない『ワード』が耳に入ってきた気がするが……聞き間違いだよな。と悠真は恐る恐る神崎の顔を見る。

だが、神崎は完全に青ざめていた。

「この前、私の研究所に来た時、悠真くんの〝ピッケル〟を見せてもらってね。その武器に合わせて作ってきたんだ」

「ニトロだと⁉　爆弾ってことか？　お前、それ完全に法律違反だろう！」

神崎が怒鳴るものの、アイシャが気にする様子はない。

「有意義な研究のために使うんだよ。なんの問題もない。悠真くん、ピッケルを持っておいで、器具を取り付けるから」

「え？　あ、はい……」

どうしたものかと隣を見るが、神崎は呆れて言葉を失っていた。

悠真は仕方なくバッグからピッケルを取り出し、アイシャに渡す。アイシャは楽しそうに鼻歌を歌い、ピッケルのヘッドに金属の器具をはめ、そこに白い筒を取り付ける。

「悠真くん、この部分に強い衝撃を与えると爆発するからね。強力な魔物が現れたら使うといい」

「で……でも、こんな近くで爆発したら、俺が危なくないですか？」

「うん、危ないね。だから『金属化』してる時に使えばいいんだよ」

アイシャは当たり前のように言い、悠真に背を向けて何かを取りにいく。

——無茶苦茶すぎる！　俺もろとも魔物を吹っ飛ばすってことだろ⁉　なに考えてんだ、あの人は！

悠真が憤《いきどお》りを覚えていると、アイシャは不敵な笑みを浮かべ、今度は小さな箱を持ってきた。箱をコトリとテーブルの上に置き、再びソファーに座る。

「な、なんですか、この箱？」

また禄《ろく》でもない物か、と悠真は訝《いぶか》しがる。アイシャが箱を開けると、中には黒くて丸い石が、一つだけ入っていた。

魔鉱石だろうか？　表面に赤い筋が何本も入り、まるで血が流れているようだ。

「これは三年前に発見された魔鉱石でね。『黒のダンジョン』の規制が厳しくなったのも、多くの研究者が『黒のダンジョン』から手を引いたのも、こいつのせいだよ」

アイシャは箱から取り出した魔鉱石を手の上に載せ、まじまじと見つめる神崎と悠真の前に差し出す。

「『血塗られた鉱石《ブラッディー・オア》』。そう呼ばれた魔鉱石だ」

第二章　鋼鉄の猿

訳の分からない単語が出てきたので、悠真は困惑した。

「血塗られた鉱石《ブラッディー・オア》？」

「少し、昔の話をしようか」そう言うと、アイシャはソファーに深く腰掛け、足を組んで真向かいにいる二人を見据える。

何が始まるんだ？　と、神崎と悠真は顔を見交わす。

「三年前、キルギスの山奥にある『黒のダンジョン』に数名の探索者《シーカー》が入った。それほど深いダンジョンではなかったが、彼らは中層で変わった魔物に出会ったんだ。太く頑強《がんきょう》な腕を持ち、皮膚は鋼鉄のように硬い。一見すればゴリラのような姿。後につけられた学名は〝ヴァーリン〟という」

「知らねーな。黒のダンジョンの魔物に名前が付けられること自体珍しいが、希少な魔物なのか？」

「そうとも言えないな。黒のダンジョンの中層に生息していて、最初の発見以降、多くの目撃例がある。腕力こそ恐ろしく強く、接近戦は自殺行為だが、上位探索者《シーカー》が使う遠距離魔法攻撃であれば、倒すことは充分可能だ」

「じゃあ、魔鉱石のドロップ率が低いのか？」

「いや、『黒のダンジョン』の魔物としては、ごく普通のドロップ率だ。魔鉱石もそれなりに採取されている」

その話を聞いて、神崎は胡散臭《うさんくさ》そうな顔をする。

「だったら、おかしいじゃねーか！　プロの探索者《シーカー》である俺が知らねえ魔物や魔鉱石があるなんてよ」

「それはそうさ。各国政府や国際機関が隠蔽したんだからね」

「「隠蔽⁉」」

神崎と悠真はアイシャの話が理解できずにいた。政府が魔物や魔鉱石の存在を隠蔽する理由が分からなかったからだ。

「この魔鉱石が発見されると、当然研究者たちは効果を調べようとした。魔宝石と同じように被験者に食べさせ、体に起こる変化を観察する。至って普通の実験だ。そしてその効果は劇的だった。魔鉱石を食べた人間が能力を発動させると、筋力は大幅に強化され、凄《すさ》まじいパワーとスピードを獲得した。まるでスーパーマンのようにね」

「すげーじゃねーか‼」

神崎の目がランランと輝く。

強くなれると聞いて、俄然《がぜん》興味が出たようだ。

「ふん、単純な奴《やつ》だ。問題は、そのあと起こったんだよ」

「問題？」

「魔鉱石の効果が三分ほどで切れると、それまで鬼神のように動き回っていた被験者は急に動きを止め、吐血したんだ。やがて穴という穴から血を噴き出し、そのまま絶命した」

「おいおい、それって……」

「死体を解剖すると、骨は砕け、血管は破裂し、筋肉や腱《けん》は引き千切れていた。体が能力に耐えられなかったんだよ」

神崎と悠真は衝撃を受ける。ダンジョンから産出された〝魔宝石〟や〝魔鉱石〟は人体に悪影響が無いというのが世界の共通認識だったからだ。

「つまり、初めて見つかった〝有害〟な魔鉱石ってことか……」

神崎が眉間にしわを寄せながら聞くと、アイシャはフンッと鼻で笑う。

「有害も有害。なんといっても被験者が死んでる訳だからね」

「そんな危険な魔鉱石を、なんでお前が持ってんだ⁉」

ありえないだろ」

「私は『黒のダンジョン』の研究者だよ。こんなおもしろい魔鉱石を手に入れないなんて

「お、おもしろい……？」

神崎は呆《あき》れかえってアイシャを睨《にら》みつけるが、アイシャは気にせず話を続ける。

「まあ、こんな物が見つかったら本来公表しなければいけないが、これが見つかったのはちょうどダンジョンビジネスが軌道に乗り始めていた頃だ。政府や企業は莫大《ばくだい》な先行投資をしていたからね。他のダンジョンや〝魔宝石〟まで危険視されれば、ダンジョンビジネスに影響が出かねない。各国政府はそう考えた」

「だから隠蔽したのか⁉」

「そうだ。でも、そのおかげでダンジョンビジネスは世界的な産業になった。お前も会社を設立して利益を上げられてるだろ？」

「ぐ……ぬ」

神崎は言い返せず、臍《ほぞ》を噛《か》む。

「そして各国政府はこの情報が洩《も》れないよう『黒のダンジョン』の統制を強めた。出入りを厳格に規制し、研究する学者を絞り込む。元々人気の無かったダンジョンだけに、特に強い反発はなかった。私も研究費を出してもらう代わりに、黙っているよう日本政府から

言われていてね」

「しゃべってんじゃねーか！」

「フフフ」

アイシャはおもむろに立ち上がり、部屋の中を歩き始めた。

「しかしだ。私はこの危険な魔鉱石をなんとか使えないかと、ずっと考えていてね。試行錯誤をしてたんだよ」

「無理だろ、どう考えたって危険すぎる！」

「そう、その通りだ。使えば死んでしまう魔鉱石なんて誰も使えない。使うはずがない。私も有効活用を諦めかけていた。しかし——」

アイシャの目がギラリと光を帯びる。見つめられた悠真《ゆうま》はゾクリとした。

「もし……筋肉まで鋼鉄でできた人間がいたら、どうだろうか？」

アイシャの言葉を聞いて、悠真は生唾を飲む。

「ま、まさか……」

「そう、悠真くん。君に使ってもらいたいんだ。この血塗られた鉱石《ブラッディー・オア》を！」

「いやいやいやいやいや！」

悠真は立ち上がって全力で拒否する。

「なんでそんなもん食べなきゃいけないんですか！　絶対嫌ですよ‼」

「心配ない。君の『金属化』能力は、骨や筋肉、血管や内臓に至るまで全て金属になっていると推定できる。つまり君の体は壊れない。素晴らしいことじゃないか！」

狂気に満ちたアイシャの目を見て、悠真はヒィと身をすくめる。

冗談じゃない。モルモットになんかされてたまるもんか！　悠真は必死の抵抗を始めた。

「体に害がないなんて言い切れないでしょ⁉　やめましょう、そんなこと！」

「この血塗られた鉱石《ブラッディー・オア》の効果は三分ほどで切れることが分かってるんだ。君の『金属化』は最低でも五分はもつんだろ？　じゃあ大丈夫だよ！」

「い、いや、でもですね。ほとんど研究できてないんですよね？　だったら使うのはおかしいでしょ！　普通に考えて」

「だからこそ、今から研究するんじゃないか！　君を使って‼」

ああダメだ。この人、頭が飛んでる。

「とにかく！　絶対やりませんからね‼」

悠真は席を立つ。神崎《かんざき》も「いいかげんにしろよ、アイシャ！　うちの社員はお前のおもちゃじゃねーんだぞ」と言って、一緒に席を立った。

部屋を出ようとすると、後ろからアイシャが声をかけてくる。

「悠真くん。もちろん、タダとは言わないよ。臨時のボーナスを出そう」

「え？」

　悠真は眉根を寄せて振り返る。

「百万円、君に支払おう。それでどうだい？」

「バカにしないで下さい！　お金の問題じゃありません‼　人の命に係わる話なんですよ！」

「五百万ならどうだい？」

　出ていこうとした悠真の足がピタリと止まる。「ご、五百万？」と聞き返す。アイシャは「そうそう、五百万だよ。五百万！」と言い、悠真の元までツカツカと歩み寄る。

「話を聞くだけならいいだろ？　悠真くん」

「ま、まあ、話を聞くだけなら……」

　ソファーに座り直した悠真を見て、神崎は呆れ、アイシャは「そうこなくっちゃ！」と喜んだ。

◇◇◇

　三人は東京に戻り、アイシャの研究所で『血塗られた鉱石《ブラッディー・オア》』を試すことにした。

研究所の一階。体力測定機器が置かれている場所で、アイシャは悠真に魔鉱石を手渡す。

「君の体調面は、私が責任を持って管理する。安心して飲んでいいよ」

アイシャはニコニコしてペットボトルも渡してきた。悠真は受け取り、自分の手にある魔鉱石を見る。

漆黒の色合いに血のような赤い筋。毒々しい見た目だけに、できれば口にしたくない。金に釣られて摂取することを了承したが、いざ食べるとなると躊躇《ちゅうちょ》してしまう。

──まあ、平気って言われたし、大丈夫だとは思うけど……。

隣でアイシャは「さぁ、さぁ」と煽《あお》ってくる。悠真は覚悟を決め、魔鉱石を口に含んでペットボトルの水で一気に流し込む。

「ど、どうだい？」

アイシャが興味津々《きょうみしんしん》に聞いてきた。体には特に変わりがない。が、しばらくすると全身を何かが駆け巡る。

今までの〝魔鉱石〟や〝魔宝石〟とは違う奇妙な感覚。

呼吸を整え、落ち着くのを待つ。

「………大丈夫です」

「おお、良かった」

アイシャはホッとして、Ａ４の紙を挟んだクリップボードとペンを手に取る。

「では、さっそく試してみようか。まずは『金属化』してみてくれ」

「分かりました」

悠真は全身に力を入れ『金属化』の能力を発動する。勝手に血塗られた鉱石《ブラッディー・オア》の効果が出ないか心配だったが、問題なく体は黒く染まり、怪物のような姿になった。

どうやらイメージさえしっかりしていれば、使い分けはできるようだ。

神崎は離れた場所から不安そうに見ている。

「じゃあ、まずは通常時の力を測ろうか」

「分かりました」

悠真が待っていると、アイシャが体力測定の器具を持ってきた。前に測った器具より、大きくてゴツイものだ。

「ああ重たい。よいしょ、と」

アイシャは床に器具を置き、う〜んと背中を後ろに反らした。

「なんですか？　この器具」

悠真が尋ねると、アイシャはニヤリと笑う。

「これは魔物並みの馬鹿力があっても、測ることができる特別製だよ。君が『金属化』すると途轍《とてつ》もない力を出せると言っていたからね。それ用に作ったんだ」

「へ～そうなんですか」

感心する悠真を他所《よそ》に、アイシャはテキパキと準備を進める。まずは握力を測ることになった。

「ふんっ‼」

悠真が全力で握り込んでも、握力計が壊れることはない。測り終わると、デジタル数値が表示された。

「おお！　450キロか、変身前の10倍はあるね」

アイシャはクリップボードの用紙に記入し、「次、次」と言って計測を促す。その後も様々な運動能力の測定が行われた。筋力を表す数値はどれも大幅に伸びている。

アイシャ曰《いわ》く、『金属化』により、全身の筋力量が増加しているため尋常ではない力が出るのではないか？　とのことだった。

その半面、垂直跳びやスピードを表す測定では、顕著な伸びは見られない。

筋力が増えても重さが増しているためだろう、とアイシャは言っていた。やはり、この変身は『パワー特化型』ということらしい。

薄々は気づいていたが、数値で明確になった形だ。

「じゃあ、次はいよいよ『血塗られた鉱石《ブラッディー・オア》』の能力だ。自分の筋力が上がって、超パワーを発揮するイメージをしてみて」

「はい！」

意識を集中する。全身に血流が巡り、力が湧き上がってくるイメージ。

最初はなにも起きなかったが、徐々に悠真の体から湯気が立ち昇る。細くて赤い筋が、悠真の腕や首、顔などに走る。

血管のような筋は全身に浮き上がり、かすかに赤く発光した。

「なんだか……力が溢《あふ》れてきます！」

「おおおお！　せ、成功だ。間違いなく能力が発動しているよ。その状態で体力を測定してみよう」

アイシャが持ってきた特殊なデジタル握力計を手に取る。さっき変身して測った時は、450キロと表示された。

今回はどれくらいになるか――

「力を込めてみて」

「はい！」

悠真は握力計を握り込む。瞬間、バキッと嫌な音がした。

見ると持ち手の部分が潰れている。

「あ!」

握力計は完全に壊れ、デジタル画面はなにも表示していない。

「あははは、凄《すご》い、凄いよ! この強化設計された握力計を破壊するなんて……なんて素晴らしいんだ‼」

アイシャは「さあ、次、次」と言って背筋力を測る測定器を持ってくるが、今度はチェーン部分を引き千切ってしまった。

垂直跳びをすれば、測定できない位置まで跳んでしまう。

「素晴らしい。体は大丈夫かい?」

「え、ええ。大丈夫です」

あっと言う間に能力継続時間の三分が経《た》ち、赤い筋は消えてしまう。

「本当にパワーが上がるんだな。初めて見るが、すげーもんだ!」

神崎も悠真の体をジロジロ見ながら感心する。だが、クリップボードの紙になにかを書き込んでいるアイシャは苛立《いらだ》たし気だった。

「ああ~、時間が短すぎる! もっと色々なデータが欲しいのに。今日はこれで終わりなんて‼」

魔鉱石の能力は一度使ってしまうと次の日まで使うことができない。取りあえず今日は終わりだ。

体に異常が無かったことに、悠真《ゆうま》はホッと息をついた。

「私が持っている血塗られた鉱石《ブラッディー・オア》は、あの一つしかないんだ。もっとあればデータをたくさん取れるのに……」

悔しがるアイシャを見て、悠真は声をかける。

「ま、まあ、無いものは仕方ありませんよ。一日一回、少しずつやっていきましょう」

そんなに急ぐ必要はないだろう。悠真はそう思っていたが――

「取りに行こう」

「え？」

「この魔鉱石を生み出す〝ヴァーリン〟は、横浜のダンジョンの五十六階層にいることが分かってるからね。そうだよ、そこまで取りに行けばいいんだ！」

「いやいや、五十六階層⁉　深すぎますって！　一個でいいじゃないですか」

五十六階層なんて深すぎるし、変な魔鉱石をたくさん食えなんて話が違う。

悠真はなんとか断ろうとするが――

「まだまだ、血塗られた鉱石《ブラッディー・オア》は必要だよ。それに能力の継続時間が長くなれば、反対に実験する期間は短くなる。大丈夫、私がサポートするから！」

「いや、でも……」

「心配ないよ悠真くん。君が血塗られた鉱石《ブラッディー・オア》を使っても問題ないことは証明されたからね。あとは数をそろえるだけだ。まあ、私に任せてくれ！」

結局、同じく難色を示した神崎《かんざき》もアイシャの要求を断り切れず、悠真たちは横浜の『黒のダンジョン』にトンボ返りすることになった。

◇◇◇

横浜に着いた頃には午後六時を回っていた。

ダンジョンに潜るのは明日からにし、その日は横浜のホテルに泊まることにする。

そして次の日の朝――

「準備はできたか？　悠真」

「はい、準備できました」

悠真は大きなリュックを背負って神崎に返事をする。中にはニトログリセリンの爆弾が、ギュウギュウに詰め込まれていた。

「それにしてもアイシャさん。こんな大量のニトログリセリン、どこから持ってきたんですかね？」

「どこからかは知らんが、間違いなく違法なルートで入手したもんだろう。あんまり詮索しない方がいい」

担《かつ》いでるリュックに山ほどの爆弾が入ってるなんて怖すぎるが、これがないと中層まではとても行けない。

爆弾よりも恐ろしい魔物が、わんさといる黒のダンジョンの中層。嫌でも持っていくしかない。

神崎と悠真はアイシャと合流して、泊まっているホテルを出る。

三人で『黒のダンジョン』の厳重な警備がなされているゲートの前に立つ。

今日から本格的な中層攻略が始まる。

◇◇◇

東京・あきる野市――

悠真の実家に急な来客があった。台所にいた悠真の母親が手を拭きつつ、「はいはい」と言って玄関に向かう。

土間に下りて扉を開けると、そこには悠真の幼馴染《おさななじみ》、一ノ瀬《いちのせ》楓《かえで》が立っていた。

「あら、楓ちゃん。久しぶりじゃない、どうしたの？」

「ご無沙汰してます。実家に帰省したんで、挨拶だけでもしようと思って」

「あらあら、そうなの。ここじゃなんだから、中に入らない？」

「いえ、ちょっと用事もあるんで、すぐにお暇《いとま》します」

「そう、残念ね。楓ちゃんは悠真が行ってた学校に、まだ通ってるんでしょ？　もうすぐ卒業だから帰宅できたのかしら」

悠真の母に指摘され、楓は「ええ、そうなんですよ」と答える。

「卒業前の一時帰宅なんです。せっかくの機会なんで、悠真がどうしてるかな？　と思って来てみたんですけど……」

楓はチラリと玄関の奥を見る。だが、そこに人の気配はなかった。

「ごめんなさい。わざわざ来てくれたのに、悠真は会社の仕事で出かけてるの。私は詳しく知らないんだけど、ダンジョンに入るからって言って、もう何日も帰ってないのよ」

「ええ！　泊まり込みでダンジョンに行ってるんですか⁉　すごい……」

楓はその話に驚愕《きょうがく》する。ダンジョンに何日も潜るなど、新人がするような仕事ではない。それだけ期待されているということだろうか。

楓が感心していると、悠真の母は「でもねえ」と言って苦笑する。

「悠真は楓ちゃんと違って出来が悪いから……探索者《シーカー》の学校も途中で退学になっちゃうし、今やってる仕事もいつまでもつか……」

悠真の母は小さな溜息《ためいき》をつき、右手を頬に添える。それを見た楓はふるふると首を横に振った。

「大丈夫ですよ。あんなにやる気になってる悠真、見たこと無いですから。今だって一生懸命働いてるんでしょ？」

「それは……そうだけど」

「きっと打ち込めるものが見つかったんですよ。新人なのに泊まり込みの仕事って、普通はないですから」

「そう？　そうかもしれないわね。楓ちゃんが言うなら、私も信じてみようかしら」

楓はニッコリと微笑《ほほえ》み、視線を上げて空を見る。

——悠真もがんばってるんだ。だったら、私も負けないようにがんばらないと。

今まで以上の決意を胸に、楓は悠真の家をあとにした。

◇◇◇

「どりゃあああああ！」

金属化し、怪物の姿となった悠真がピッケルを振り下ろす。ガキンッと鈍い音が鳴り、岩の欠片《かけら》が辺りに飛び散った。頑強な腕に阻《はば》まれ、ピッケルは魔物の頭に届かない。

目前にそびえ立つのは三メートルを超える岩のゴーレム。全身は灰褐色で、顔には赤く輝く二つの目があった。

ゴーレムは右腕を振り上げ、悠真の頭めがけて落としてくる。

ピッケルの柄の部分で防ごうとするも、あまりの衝撃で体が仰《の》け反《ぞ》る。

「うっ！」

後ろ足が地面にめり込み、膝が折れそうになった。

悠真はなんとか耐えるものの、ゴーレムの腕力に押し込まれてしまう。

「こいつ……『赤のダンジョン』にいたデカサラマンダーより遥《はる》かに強い！　こんな魔物が普通にいるなんて」

悠真は力ずくで押し返そうとするも、ゴーレムの力は変身した悠真の力を上回っていた。

今までたくさん魔物を倒してきたが、ここまで強い魔物は初めてだ。

悠真は何度もピッケルを振るい、ゴーレムの体表を砕いていく。だが、致命傷には至らず、相手は反撃の拳を繰り出す。

なんとか後ろに飛び退《の》き、ギリギリでかわした悠真。ピッケルを構え直してゴーレムと睨《にら》み合う。

——黒のダンジョンの魔物は近接戦闘において最強。社長はそう言っていたが、本当にその通りだ。こいつは金属化した俺より馬力がある！

ジリジリとした空気の中、今度は神崎がゴーレムに攻撃を仕掛ける。

「くそったれが‼」

ゴーレムの頭に六角棍《こん》を叩《たた》きつけた。だが、ゴーレムはわずかによろめくだけで倒れることはない。

地鳴りのような唸《うな》り声を上げ、岩の魔物は神崎に向かっていく。

丸太ほどの太さがある腕を振り上げ、神崎の頭に落としてきた。神崎も六角棍で防ごうとするも、あまりの衝撃で吹っ飛ばされてしまう。

倒れそうになるのをなんとか踏み止《とど》まり、もう一度ゴーレムに向かっていき、六角棍を叩きつける。

「悠真、爆弾を使え‼　普通に戦っても、こいつは簡単に倒せんぞ！」

「わ、分かりました！」

悠真は地面に置いていたリュックに駆け寄り、中から金属の器具とニトロの詰まった筒を取り出す。

五十六階層に着くまで血塗られた鉱石《ブラッディー・オア》の能力は使えない。三分間しか能力を発動できないため、ヴァーリンを倒すまでは温存しないと。

ピッケルの先端に金具を取り付け、中央に白い筒をセットした。

白い筒の表面だけは剝《む》き出しの状態。悠真は『液体金属化』の能力を使い、ピッケルの全体を覆う。

「社長、準備できました！　離れて下さい」

「俺は〝水魔法〟で衝撃を防げる。かまわずやれ！　悠真‼」

「は……はい！」

悠真は走ってゴーレムに近づき、ピッケルを振り上げる。神崎は力を振り絞り、六角棍を押し出し、なんとかゴーレムと距離を取る。

それを見た悠真は、ピッケルをゴーレムの頭に叩きつけた。

直撃した瞬間、カッと光が瞬《また》く。

ピッケルの先端が爆発し、ゴーレムの頭が吹っ飛ぶ。

神崎は瞬時に〝水の障壁〟を張り、飛んできた破片を防ぎきる。一方、爆発で飛ばされた悠真はゴロゴロと転がって岩壁に激突した。

「……いっつ……」

悠真《ゆうま》は頭を振る。爆発が目の前で起こり、意識が飛ぶかと思うほどの衝撃だった。それでも体には傷一つない。

頑丈さは折り紙付きのようだ。

悠真はすぐに立ち上がり、ゴーレムを見る。頭を失ったまま立ち尽くす魔物。モクモクと首から煙を上げていたが、グラリと揺れて大地に倒れた。

「やっ……たか」

悠真が息を呑《の》んで見守る中、ゴーレムは砂となって消えていく。

さすがにピッケルによる打撃と、爆弾による衝撃の両方を耐えることはできなかったようだ。

「悠真、大丈夫か？」

神崎が心配してやって来た。

「はい、俺は大丈夫です。社長こそ怪我《けが》はないですか？」

「俺のことは心配しなくていい。これでもベテランの探索者《シーカー》だからな」

悠真と神崎が話している間に、アイシャは砂になったゴーレムの前でしゃがみ込む。

そこには銀色に輝く、小さな〝玉〟があった。

「フフ、見ろ、二人とも」

「あん？」

アイシャの言葉に、神崎《かんざき》と悠真が振り向く。アイシャは手の上に載せた『金属の玉』を二人に見せた。

「希少な魔鉱石の〝純銀〟だ」

「純銀？」

神崎が片眉を上げて聞く。

「珍しい物だよ。特定のゴーレムが稀《まれ》にしかドロップしない物でね。筋力増強系の中では最強クラスだ。こんなに小さくてもかなりの効果があるんだよ」

「おお、いいじゃねーか！　だったら悠真に食わせようぜ」

「なにを言う！　こんな希少な物、研究所で正確にデータを取るに決まってるだろう！」

「お前こそ、なに言ってんだ！　今、使わなきゃ意味ねーだろ‼」

いつ魔物が襲ってくるか分からないダンジョンの中層で、神崎とアイシャがケンカを始めてしまう。

悠真は呆《あき》れて見ていたが、最後は神崎が〝純銀〟の魔鉱石をもぎ取り決着がついた。

悔しがるアイシャは膝をつき、バンバンと地面を叩く。大丈夫だろうかと心配するが、神崎は満面の笑みで近づいてきた。

「おい悠真！　これを食え。今より戦闘が楽になるかもしれんぞ」

「大丈夫ですか？」

悠真はチラリとアイシャを見る。突っ伏して泣いているようにも見える。

「ほっとけ！　こっちはアイツのわがままに付き合わされてんだからな。ダンジョン攻略の効率を上げる方が重要だ」

「そ、そうですよね」

悠真は神崎から渡された〝純銀〟の魔鉱石を飲み込んだ。かなり小さかったため、飲むのに苦労はしない。

腹の中が熱くなり、全身に熱が駆け巡る。

間違いなく魔鉱石を取り込んだ感覚だ。だが手足を動かしても、それほど変わった感じがない。

「どうだ？　悠真」

「いや……特に強くなった感じはしないですね」

神崎は、後ろからトボトボと歩いてくるアイシャを見る。

「おい、アイシャ！　この魔鉱石、どれぐらい効果があるんだ？」

まだ不貞腐《ふてくさ》れていたアイシャは、やれやれと頭を振ってから仕方なしに答える。

「昔行われた海外の研究を参考にするなら、筋力、敏捷性《びんしょうせい》、持久力の三項目で効力を発揮するようだ。その〝銀〟の大きさなら、恐らく筋力で10％、敏捷性で７％、持久力で６％ほど向上してるだろう」

「なんだ、そんなもんか」

がっかりしたような神崎の言葉に、アイシャは眉間にしわを寄せる。

「そんなもんかとはなんだ⁉　三つの能力を同時に10％ほど上げるんだぞ‼　こんなに凄《すご》い魔鉱石はそうそう無い。分からないのか⁉」

「はいはい、分かったよ」

神崎は軽くあしらい、先を急いだ。四十階層より先に進むと、魔物の抵抗はさらに激しくなる。

神崎の必死の応戦と、悠真の馬鹿力による反撃。そして爆弾を使った攻撃のおかげで、なんとか魔物たちを倒すことができた。しかし、アイシャを守りながらでは負担も大きく、神崎と悠真は想定以上に体力を消耗していた。

それでも死力を尽くし、とうとう目的の五十六階層に到着する。

「悠真、『金属化』の能力は、あと何分ぐらい使える？」

「あと十分ぐらいが限界ですね」

「爆弾の数は？」

「三十個を切りました」

神崎と悠真は岩陰に隠れながら小声で話す。切り立った岩や崖の上に、黒い猿のような魔物がいる。

両の拳を地面につけ、キョロキョロと辺りを見回しながら歩き回っていた。

「あれが〝ヴァーリン〟か」

確かに黒い鎧《よろい》を着たゴリラのようだ。神崎は顔をしかめた。すでに疲労困憊《ひろうこんぱい》しているうえに、魔力も尽きかけている。

頼みの綱だった悠真の『金属化』も、残り時間が短いときた。百五十以上あった爆弾も、もう三十個もない。

「おい、アイシャ！　これ以上は無理だ。帰りのこともある、今日のところは帰ろう」

「バカを言うな！　ここまで来て手ぶらで帰れるか‼　血塗られた鉱石《ブラッディー・オア》を、最低でも二つは確保しろ！」

神崎とアイシャが睨み合う。悠真も神崎と同じように帰るべきじゃないかと思っていたが、口を挟めるような雰囲気ではない。

ややあってアイシャが口を切る。

「鋼太郎《こうたろう》……二つでいいんだ。あと二つあれば劇的にダンジョン攻略は容易になる」

「そんなに欲しいなら、販売ルートから入手できないのか？」

神崎の問いに、アイシャはふるふると首を横に振る。

「血塗られた鉱石《ブラッディー・オア》は、一部の研究者が保有する以外、各国政府が厳重に保管している。譲渡も厳しく規制されているから、ダンジョンで入手するしかない。頼む、鋼太郎。チャンスは今しかないんだ！」

困った神崎は悠真を見る。

――できれば帰りたいけど……確かにここで帰ったら、次も同じように来られるかどうか分からないし、また行こうって言われても困るからな。

「やるだけやってみましょう、社長。まだ血塗られた鉱石《ブラッディー・オア》の能力は使っていませんし、二つぐらいなら……」

「……そうか、そうだな。分かった」

神崎は気乗りしない様子だったが、「仕方ねえ、やるぞ悠真」と言って前を向く。

「悠真、俺があいつらの気を引くから、その隙に一気にパワーを解放して倒しちまえ！

魔鉱石がドロップしたら回収して、即行で逃げるぞ‼」

「分かりました！」

神崎と悠真が覚悟を決めると「それでいこう、それでいこう」と、アイシャだけは嬉《うれ》しそうに笑っていた。

「準備しろ、悠真」

「はい！」

悠真はピッケルに白い筒の爆弾をセットし、『金属化』の能力を発動する。

全身が鋼鉄に覆われると、ピッケルにも『液体金属』を流し込み、強化されたハンマーを作り出す。

「ＯＫです」

神崎は岩陰から辺りの様子をそっと覗《のぞ》き見る。

一匹のヴァーリンが比較的近くをうろついていた。その後ろの岩にも一匹いる。

崖の上には多くのヴァーリンがいるようなので、あの二匹だけを群れから引き離したい。

神崎は足元に転がる小石を拾い上げ、ポイッと山なりに放り投げた。

――コンッ。

小さな音が鳴り響く。二匹のヴァーリンが音に気づき、辺りを窺《うかが》いながら近づいてくる。

神崎と悠真は視線を交わして頷《うなず》いた。

次の瞬間、神崎が飛び出しヴァーリンの元へ走る。

「さあ、こっちだ！　ゴリラども‼」

近くにいたヴァーリンは神崎に気づき、のっそのっそと四足歩行で近づいて来た。

それを見た神崎が立ち止まり、六角棍《こん》を構えて叫ぶ。

「今だ、悠真‼」

悠真は岩陰から飛び出し、ヴァーリンの背後に迫る。悠真の手にはピッケルが握られ、その先端には爆弾がセットされていた。

「うおおおおおおおおおおおおお‼」

悠真は渾身《こんしん》の力でピッケルを振り下ろす。

背を向けていたヴァーリンは反応が遅れ、もう逃げることはできない。

――殺《と》った！

叩《たた》きつけられたピッケルの先端が爆発。洞窟内に轟音《ごうおん》が響き渡った。

衝撃で後方に弾《はじ》かれた悠真だったが、なんとか踏ん張り、攻撃したヴァーリンを見る。

頭に直撃したはずだ。しかし、モクモクと立ち昇る煙が消えると、そこには右腕のないヴァーリンがいた。

歯を食いしばり、こちらを睨《にら》んでいる。

「外した⁉」

ピッケルを叩きつけた瞬間、右腕で防がれたんだ。

ヴァーリンは雄叫《おたけ》びを上げ、怒り狂って悠真《ゆうま》に襲いかかってくる。近くにいたもう一匹も岩から飛び降り、駆け出してきた。

——くそっ！　やるしかない‼

爆弾をセットしてる時間はない。ピッケルを頭上にかかげ、『液体金属』をさらに流し込む。

より巨大になった〝ハンマー〟を、片腕のヴァーリンに振り下ろした。

「ガアアッ！」

ヴァーリンの肩にハンマーが直撃する。鋼鉄の猿もこれは効いたようで、唸《うな》りながらあとずさった。

——このまま畳み掛ける！

悠真は一歩踏み込み、左のストレートを打ち込む。猿の右頬に入り、踏鞴《たたら》を踏んでまた下がった。

かなり強い魔物と聞いていたが、『血塗られた鉱石《ブラッディー・オア》』を使わずとも、自分の力は充分通じる！

悠真はハンマーをクルクルと回し、水平に構えてから横に振った。この魔物なら苦戦することなく充分勝てる。そう思った瞬間——

「なっ⁉」

ヴァーリンにピッケルの柄をがっちりと掴《つか》まれ、まったく動かすことができない。

よく見ればヴァーリンの体に赤い筋が何本も流れ、ギラギラと輝いている。悠真はくっと歯噛《はが》みする。

元々『血塗られた鉱石《ブラッディー・オア》』は、ヴァーリンが持つ能力。追い詰められれば、使ってくるのは当たり前だった。

掴まれた柄を思い切り引かれると、悠真は体勢を崩し、足が地面から離れる。

あまりの力に為《な》す術《すべ》なく、そのまま地面に叩きつけられた。

「がっ……あ！」

痛みは無いが、衝撃でピッケルに巻き付いていた『液体金属』が解除されてしまう。

ヴァーリンは悠真からピッケルをもぎ取り、つまらなそうに放り投げた。無機質な岩場に、カランカランとピッケルが跳ねる。

悠真はすぐに起き上がり、正面を見据えた。

以前、苦戦を強《し》いられた〝岩のゴーレム〟を上回る強さ。悠真は想像を超えた相手の力に、驚きを隠せなかった。

――これが鋼鉄の猿、〝ヴァーリン〟の力か！

前方からは片腕のヴァーリンが、横からはもう一匹のヴァーリンが、のっそのっそと向かって来た。

やっぱり近距離で戦うような魔物じゃない。悠真は自分に遠距離魔法攻撃がないことを、改めて歯がゆく思う。

武器であるピッケルを失った今、残された手段は一つしかない。

足を肩幅に開き、腰を落として両拳を構える。牙の生えた口から息を吐き、体の奥底に意識を集中する。

――あんまり使いたくなかったけど……そんなこと言ってる場合じゃない！

悠真は歯を食いしばり、全身に力を込めた。

ドクンッと心音が鳴って周囲の空気が変わる。怪物の姿をした悠真の足から、赤い血脈が体の上部へと駆け上がっていく。

全身を這《は》うように流れる赤い筋。ギラギラと輝き、熱を発する。

血塗られた鉱石《ブラッディー・オア》を発動した悠真は地面を蹴った。足元の岩は爆散し、一瞬でヴァーリンとの距離を詰める。

咄嗟《とっさ》のことに、隻腕のヴァーリンは反応できない。

「うらあっ‼」

右の正拳が猿の顔に炸裂《さくれつ》した。ヴァーリンは口から血を吐き出し、よろめいて大きく後ろに下がる。

悠真はすぐさま追撃した。その動きは残像を生み出し、恐ろしい速さで鋼鉄の猿に迫る。

「おおっ‼」

ヴァーリンはガードしようとするが間に合わない。懐《ふところ》に潜り込んだ悠真は、容赦のない剛拳を叩き込む。

左のフックが顎を捉え、右のストレートが腹にめり込んだ。さらに左のリバーブロー、右のフック、右のショートアッパー、左のストレート。

止まることのない連打でヴァーリンはグロッキー状態になっていく。

最後は後ろ回し蹴りを猿の胸に叩き込んだ。ヴァーリンの分厚い胸板を貫き、骨を砕いて吹っ飛ばす。十メートル以上転がったヴァーリンは岩壁に叩きつけられ、苦し気な声を上げ、砂へと変わった。

悠真は自分の右手を見る。信じられないほどのパワーが溢《あふ》れていた。

なにより、俊敏性が大幅に向上している。今ならどんな敵にも勝てる気がした。

もう一匹のヴァーリンが、雄叫びを上げながら向かってくる。だが、恐怖などまったく感じなかった。

一歩踏み込むと、あっと言う間に敵の正面に入る。

ヴァーリンは驚いて足を止めたが、悠真は構わず突っ込む。裏拳で猿の顔を打ち払うと、相手は体勢を崩して膝をつく。

ヴァーリンは頭を振って再び立ち上がった。悠真が猛攻を仕掛けると、太い両腕でがっちりガードを固め、なんとか耐えようとする。

悠真は構わず、ガードの上からラッシュを叩き込んだ。

相手も『血塗られた鉱石《ブラッディー・オア》』を使って体を強化し、悠真の猛攻を凌《しの》ごうとしていた。さすがに防御を固められると苦しくなってくる。

悠真は前蹴りでヴァーリンを突き放す。よろめきながらも、なんとか耐えた猿は、大きな口を開けて絶叫する。

「ギィヤアアアアアアアアアアアアアアアアアアアアアアアア‼」

それは仲間を呼ぶための咆哮《ほうこう》。崖上で様子を見ていたヴァーリンたちが、一斉に飛び降りてくる。

屈強なゴリラの魔物が十匹以上。のっそのっそと両手をついて向かってきた。

「くそっ！」

さすがにこの数はきつい。そう思った悠真がチラリと目をやると、先ほどヴァーリンを倒した場所に神崎《かんざき》が走っていた。

地面にしゃがんで、なにかを拾い上げる。それを悠真に見せるようにかかげ、合図を送ってきた。

ヴァーリンの魔鉱石『血塗られた鉱石《ブラッディー・オア》』を回収したんだ。

目標は魔鉱石二つの回収。あと一匹ヴァーリンを倒せば達成できる！　そう考えた悠真は、一番手前にいるヴァーリンに向かい、突っ込んでいった。

恐ろしい速度で間合いを詰め、相手が対応できない間に三発の打撃を叩き込む。

ヴァーリンはなにもできずに後ろに吹っ飛ぶ。そのまま追撃しようとした悠真だったが、援軍にきたヴァーリンたちが雪崩れ込んできた。

チッと舌打ちしつつも、悠真は攻撃の手を緩めない。

向かってくるヴァーリンを次々に殴り倒し、相手に反撃させる隙を与えない。

このまま押し切ってやろう！　と思った瞬間、全身に流れていた赤い筋が引いていく。

輝きが消え、高揚感もなくなった。

「な⁉」

血塗られた鉱石《ブラッディー・オア》の効力が切れたんだ。でも、早すぎる気がする。まだ三分も経《た》ってない

んじゃないのか⁉

戸惑うものの、敵が待ってくれるはずもない。

ヴァーリンたちが次々と襲いかかってきた。それはまさに魔獣の群れ。目は真っ赤に染まり、全身には赤い血脈が流れている。

血塗られた鉱石《ブラッディー・オア》を発動した鋼鉄の猿たち。

悠真の腕を摑み、足を摑み、肩口に噛《か》みついてきた。太い腕で悠真に殴りかかり、頭突きをする者までいる。

あまりの腕力に、悠真でも振りほどくことができなかった。

「くっ……このままじゃ……」

さらに多くのヴァーリンが群がってくる。鋼鉄の体とはいえ、あと数分で『金属化』が解除されてしまう。

悠真は焦《あせ》っていたが、ハッとあることを思いつく。

「そうだ！　これなら……」

次々に群がってきたヴァーリンの隙間から、なにかがウニウニと出てきた。ピョコンと飛び出したのは、メタルグレーの丸い物体。

悠真は丸いスライムになって逃げ出したのだ。

──危ねえ、危ねえ。よく考えたら、俺、液体金属になれるんだから、逃げるの簡単だったわ。

ピョンピョンと跳ねて逃げるスライムに、一匹のヴァーリンが気づく。

「ガアアアア‼」

その雄叫びを合図に、全てのヴァーリンが悠真に目を向け、襲いかかってきた。

やばい！　逃げないと‼

悠真は人型の怪物にフォルムチェンジし、全力で逃げようとする。

だが、血塗られた鉱石《ブラッディー・オア》の能力を使うヴァーリンの速度も上がっていた。このままじゃまずいと思った時、神崎が走ってくる。

「悠真！　ここは一旦逃げるぞ‼」

「は、はい！」

悠真と神崎は脱出しようと辺りを見回す。

しかし、崖から降り立ったヴァーリンたちによって、周囲はぐるりと囲まれていた。

「まずいぞ……この数」

神崎はギリッと奥歯を噛みしめる。四方に十体以上のヴァーリンが行く手を阻《はば》んでいた。

「悠真、あのパワーはもう使えないのか？」

「……ダメです。使い切りました」

出口までの道にもヴァーリンが立ちはだかる。このままでは全員殺されてしまう。

「悠真《ゆうま》、お前はここを突っ切って出口に向かえ。俺はアイシャを連れてあとを追う」

「分かりました！」

ヴァーリンたちが一斉に動き出す。悠真と神崎も二手に分かれて行動を起こした。

神崎は〝水魔法〟で猿たちを牽制《けんせい》し、相手が怯《ひる》んだ隙に包囲を突破。岩陰に隠れているアイシャの手を引き、回り込んで出口に走る。

一方、悠真は目の前にいる二匹のヴァーリンの横を、ステップを踏んですり抜けた。

筋力こそ異常に強い魔物だが、それほど機敏な訳ではない。

捕まりさえしなければ逃げ切れる。悠真はそう考えていたのだが——

「がっ⁉」

なにかが頭にぶつかった。強い衝撃で思わずしゃがみ込む。

——なんだ⁉

見れば地面に岩の破片が転がっていた。背後を振り返ると、ヴァーリンたちが岩を持ち上げ全力で投げている。

そこそこの知恵もあるってことか。すぐに立ち上がり逃げようとしたが、足を止めたのは致命的だった。

一匹のヴァーリンに足を掴《つか》まれ、もう一匹が肩と腕を掴んでくる。

「くっ、そ！　またか！」

前から突進して来た一匹が、思い切り殴ってきた。衝撃で体が仰《の》け反《ぞ》る。

鋼鉄の体はダメージを受けないが、もうすぐ能力が切れてしまう。

悠真はもう一度、体を『液体金属化』する。ドロリと溶け、ヴァーリンたちの腕をすり抜ける。

そのまま包囲を掻《か》い潜《くぐ》り、ピョッコン、と丸いスライムになって飛び出す。

うまく逃げ切った。と思った悠真だが、待ちかまえていたヴァーリンに、頭を思い切り殴られてしまう。

頭部に衝撃が走り、地面に叩《たた》きつけられた。

後ろにいたヴァーリンの群れも悠真が逃げたことに気づき、一斉に襲いかかってくる。

丸いスライムのまま頭を押さえつけられ、動くことができない。

――こいつら、俺の動きを読んでたのか。

液体金属のままでは素早く動けない。人型か、スライムの形になるしかないが、すぐに対応され、簡単には逃がしてくれないだろう。もう時間がない。

あと数分して『金属化』が解ければ、体を引き裂かれ即死する。悠真は全身から血の気が引いていくのを感じた。

「悠真‼」

出口の近くまで走っていた神崎が、六角棍《こん》を振り上げて戻ってくる。

この数では到底勝てない。それでも神崎は怯むことなくヴァーリンに向かっていく。

六角棍は青く輝き、水魔法の力を宿す。

「今助けてやる！　待ってろ‼」

太い棍棒《こんぼう》でヴァーリンを打ち据える。さしもの魔物も、魔力の籠《こも》った打撃を受けるとよろめいて後ろに下がった。

辺りには水しぶきが散っている。

「うおおおおおおおお‼」

神崎が渾身《こんしん》の力で六角棍を振り下ろす。だが、ヴァーリンにガシッと摑まれ動かすことができない。

「くそっ！」

神崎がヴァーリンの顔を殴りつける。だが鋼鉄の皮膚を持つ魔物はビクともしない。逆に神崎の拳から血が噴き出した。

苦悶《くもん》の表情を浮かべた神崎の体を、ヴァーリンが腕を伸ばし摑もうとする。

――このままじゃ社長が死んでしまう！　なにか、なにか助かる方法は……。

頭をフル回転させた悠真の脳裏に、ある光景がフラッシュバックした。多数の敵に囲まれた今の状況、以前同じようなことがあった。

赤のダンジョンでサラマンダーに囲まれた時だ。

あの時使った技を使えば！　悠真は全身に力を込め、意識を集中する。すると丸い金属スライムの体がウネウネと波打ち、液体金属が体表を這《は》うように動く。

「喰《く》らえ‼」

丸いスライムの全身から、何百本ものトゲが突き出す。ウニのような格好になり、その細長いトゲはヴァーリンの鋼鉄の体を易々《やすやす》と貫いた。

体を拘束していた魔物たちは、次々と呻《うめ》き声を上げる。

血を噴き出しながら悠真から手を離し、一歩二歩と後ろに下がった。悠真はトゲを元に戻し、クルッと身をひるがえす。

液体金属が溢《あふ》れ出し、スライムの姿から黒い怪物へと変貌する。

自分の左手を長剣に変え、切っ先を一番近くにいたヴァーリンに向けた。

「おおおおおおおおおお‼」

踏み込んできた悠真に慄《おのの》き、後ろに下がろうとする鋼鉄の猿。だが、悠真はさらに速度を上げ、猿の胸元へ長剣を突き立てた。

「ガアアアアアアアア‼」

洞窟内に響くヴァーリンの絶叫。

悠真の体は最強の硬度を誇る金属スライム製。その金属で作られた〝剣〟はあらゆる物を斬り裂くことができる。

左手の長剣はヴァーリンの鋼鉄の胸に突き刺さり、心臓を貫いた。

悶《もだ》え苦しむ魔物に、今度は右手を変化させる。左手と同じ長い剣、悠真はその剣を振るい、ヴァーリンの喉元を掻っ切る。

血が噴き出し、後ろに倒れる黒い魔物。サラサラと砂になって消えていく。

打撃よりも斬撃の方が効くようだ。そんなことを思いつつ、ふと目をやれば、ヴァーリンが消えた場所に〝魔鉱石〟が落ちていた。

悠真はそれを拾い上げ、すぐに神崎の元へと走る。

神崎に襲いかかっている二匹のヴァーリン。悠真は右手の長剣で一匹の脇腹を斬り裂く。

さらにもう一匹には左手の剣を向ける。

剣は一気に伸び、ヴァーリンの肩口に突き刺さった。

唸《うな》るような鳴き声を上げ、魔物が振り返る。悠真は両手の剣をクロスさせ、ハサミのような形にしてヴァーリンの喉を斬り裂いた。

悠真に助けられた神崎《かんざき》は、六角棍で近くにいたヴァーリンを殴りつける。苦し気な声を上げ、魔物がよろめいた。

「悠真‼」

神崎の声に悠真が反応する。剣でヴァーリンの肩を斬りつけ、怯んだところを前蹴りで吹っ飛ばす。

猿は「ギャッ」と短い声を上げ、転がっていった。

それを見た神崎は「逃げるぞ！」と言い、悠真と一緒に出口へと向かう。

◇◇◇

「ハァ……ハァ……なんとか逃げてこれましたね」

悠真は息も絶え絶えになりながら、岩壁にもたれかかる。ヴァーリンがいる五十六階層から脱して上の階層に上って来ていた。

神崎も疲れ果ててドカリと腰を下ろして、地べたで胡坐《あぐら》をかく。

アイシャはゼィゼィと肩で息をしながら、大の字に寝転んだ。体力が元々ないアイシャには、相当キツかったのだろう。

「悠真、魔鉱石は持ってきたか？」

「はい……一つだけですが」

神崎に問われ、悠真はポケットに入れた魔鉱石を取り出した。神崎もポケットから自分が回収した魔鉱石を取り出す。二人はそれを、寝転がるアイシャに見せた。

「おお、よくやった。鋼太郎《こうたろう》、悠真くん！」

アイシャは目を輝かせ、四《よ》つん這《ば》いで近づいて来る。

「他にも倒したヴァーリンはいたんですけど……逃げるのに精一杯で」

「いやいや充分だよ。二つあれば効果を検証できる」

二つの魔鉱石を手に取って、アイシャはニヤニヤとほくそ笑む。そんなアイシャを見て、胡坐《あぐら》をかいていた神崎が声を上げた。

「おい！　そんなことより、ダンジョンを脱出する方が大変だぞ。悠真の『金属化』できる時間は終わってるし、俺も魔力が切れてる。笑ってる場合じゃねぇ！」

石をいじっていたアイシャは、ふんっと鼻を鳴らす。

「心配するな。帰りは爆弾を活用して階層を上がる」

自信満々のアイシャに、悠真は怪訝《けげん》な顔をする。

「アイシャさん。爆弾を使うって言っても、ピッケルは落としてきちゃったし、俺も『金属化』ができないから、爆弾も、血塗られた鉱石《ブラッディー・オア》も使えませんよ」

悠真が不安を吐露するも、アイシャは意に介さない。

「心配いらないよ。悠真くん、リュックを貸してくれ」

「は、はい……」

悠真は爆弾が詰まったリュックをアイシャに手渡す。

アイシャは自分のウエストポーチからアルミテープを取り出し、近くに落ちていた石を手に取る。

リュックサックから爆弾の白い筒を取り出し、雷管が付いている面に拾った石を当て、アルミテープで固定する。

「おい、なにしてるんだ？　そろそろ階層にいる魔物が集まってくるぞ！」

神崎は立ち上がり、辺りを警戒する。実際に岩の陰からカサカサと生き物の気配がする。

だがアイシャに慌てる気配はない。

「鋼太郎、こいつを向こうに放り投げろ。なるべく高く、山なりにな」

神崎は手渡された爆弾を見て、眉根を寄せた。

「こんなの投げてどうすんだ？」

「いいから、さっさとやれ」

ぶっきらぼうに返され、「分かったよ」と言って、神崎は石に巻いた白い筒を放り投げた。筒は空中で回転すると、重しとなる石を下にして落下してくる。

石が地面についた瞬間、雷管が作動して爆発した。

悠真《ゆうま》たちに迫ろうとしていた魔物は踵《きびす》を返し、爆発した場所へ向かってゆく。

「今だ！　出口まで走れ!!」

アイシャの叫び声に「お、おう！」と神崎は答え、全員でその階層を脱出した。

その後も二十個以上あった爆弾を囮《おとり》に使い、各階層を戦わずにすり抜ける。低層階では神崎が六角棍を振るって魔物を倒していった。

そして――

「出られたあああ―――!!」

ダンジョンの一階層から、自衛隊が管理する屋内へと帰還する。

ボロボロになった悠真たちを見て、自衛隊員が慌てて駆け寄ってきた。すぐに医務室へと運んでくれる。

なんとか生き残れたことに、悠真は安堵《あんど》の息を漏らした。

◇◇◇

『黒のダンジョン』の五十六階層から戻った翌日——悠真は横浜のホテルの部屋で目を覚ます。

昨日は自衛隊の医務室で治療を受け、夜にはホテルに戻ってきていた。

特に大きな怪我《けが》は無かったものの、今日ぐらいはゆっくりしたいところだ。神崎とそのことについて話していると、部屋にアイシャがやって来た。

「よし、さっそくダンジョンに行こうか！」

まだ疲れが残る神崎と悠真を他所《よそ》に、アイシャだけは元気にダンジョンへ行こうと誘ってくる。

「少しくらい休ませてくれねーのか？」

神崎が呆《あき》れて聞くが、アイシャは気にせず悠真を連れ出そうとする。

仕方なく神崎と悠真は支度をし、『黒のダンジョン』へと向かった。

◇◇◇

「——さて、まずは手に入れた血塗られた鉱石《ブラッディー・オア》を飲み込んでくれ、悠真くん！」

黒のダンジョンの一階層に入るなり、アイシャは二つの魔鉱石と、ペットボトルを悠真に手渡す。

「ええ？　だ、大丈夫ですかね。何個も食べて……体調が悪くなったりしませんか？」

「大丈夫、大丈夫。ひとつ食べても問題なかっただろ？　君が金属化している限り、この魔鉱石が悪影響を及ぼすことはないよ。安心して！」

かなり強引な説得だが、悠真自身も『金属化』と〝超パワー〟の相性の良さは感じていた。

この力があれば今よりもっと強くなれるし、探索者《シーカー》としてプラスになるだろう。

そう考えた悠真は、魔鉱石を取り込むことにした。

死ぬ思いで取ってきた『血塗られた鉱石《ブラッディー・オア》』二つを受け取り、ペットボトルの水で一個ずつ飲み込む。

いつものように熱が全身を駆け巡る。

「能力を獲得できたみたいです」

「よし、じゃあ、さっそく確認することがある。『金属化』してみてくれ」

「わ、分かりました」

悠真は言われた通り体を鋼鉄へと変え、怪物の姿になる。一体、これからなにが始まるのかと不安になってきた。

「まず、昨日不思議に思ったのは、血塗られた鉱石《ブラッディー・オア》の能力が三分も経《た》たずに消えてしまったことだ」

アイシャの言葉に悠真も「確かに」と答える。予想以上に早く〝超パワー〟が解除されてしまったことで、悠真たちはピンチに陥った。

昨日は慌てていたので深くは考えなかったが、言われてみれば一番の問題だ。

神崎も「そう言や早かったな」と疑問を持つ。

「この血塗られた鉱石《ブラッディー・オア》の基本的な筋力アップは、およそ5倍と考えている。もっとも正確に測れてないので推定値になってしまうがね」

「5倍⁉　そんなにですか……でも昨日はもっとパワーが出てた気もしましたけど」

「それを今から調べるんだ。悠真くん、この岩の壁を〝超パワー〟を使って殴ってくれ」

「は、はい」

悠真は血塗られた鉱石《ブラッディー・オア》の能力を発動した。全身に赤い筋が走り、力が湧き出してくる。

アイシャはポケットからストップウォッチを取り出し、スイッチを押した。

悠真が思い切り力を込めて壁を殴ると、轟音《ごうおん》と共に拳がめり込み、ボロボロと岩の破片が落ちてくる。

「殴りましたが……」

「もう一度」

「は、はい」

その後も何度も殴ったが特に変化は無く、三分が経つと〝力〟は消えてしまった。

「悠真くん、もう一度〝超パワー〟を発動してくれ。今度はより一撃にかける集中力を高めて全力で壁を殴って！」

「わ、分かりました……」

悠真は能力を発動し、全身に赤い筋を巡らせると、意識を集中させる。

そう言えばヴァーリンと戦った時、やたら集中力が高まった瞬間があった。あの時と同じことができれば――

昨日のことを思い出す。もっと力を込めて、もっと集中して、もっと全身全霊で。

その時、悠真の体の赤い筋がより太く、より強く輝き出した。

「これだ！　これこれ‼」

アイシャは目を見開き歓喜の声を上げる。悠真は腰に拳を据え、足を一歩踏み出して、その反動を腰に伝えた。

腰から肩へ、肩から腕へ、力が渦のように流れ、最後は回転した拳が深々と壁に突き刺

さる。今までとは比べものにならないほどの衝撃音。

貫かれた壁は八方に亀裂が走り、響き渡る音と共にガラガラと崩れ落ちる。

通常時を遥《はる》かに凌《しの》ぐ破壊力に、見ていた三人は唖然《あぜん》とした。

「はは……すごい」

悠真が思わず零《こぼ》す。想像を超える威力の攻撃を繰り出せたことが、嬉《うれ》しくもあり、怖くもあった。

その後も自分の力を試すため、ダンジョンの岩壁を破壊してゆく。

だが継続時間は三分ではなく、一分ほどしかもたなかった。

「やはりそういうことか……」

アイシャが小声で呟《つぶや》くと、神崎《かんざき》が「なんだよ。そういうことって？」と訝《いぶか》しがる。

神崎の疑問には答えず、アイシャは悠真にもう一度同じことをしてくれと頼んだ。

悠真は三度《みたび》〝超パワー〟を引き出し、通常の筋力アップより何倍も強い力で岩壁を破壊していった。

そして今回も、一分ほどで能力が消えてしまう。

「どういうことだ。アイシャ？」

神崎が聞くと、アイシャは顎に指をあてニヤリと微笑《ほほえ》む。

「恐らく、力の〝出力〟を調整できるんだと思う」

「出力？」神崎が眉根を寄せる。

「血塗られた鉱石《ブラッディー・オア》を使うと普段の5倍ほどのパワーが出せる。反応速度もだ。だが、さらに力を込めると赤い筋が発光して、より強大なパワーを生む。時間が三分の一になっていることを考えると通常の超パワーの3倍近く、なにもしてない状態からは15倍ほどの力が出せるのかもしれない」

「じゅ、15倍⁉」

神崎は驚愕《きょうがく》する。人間の限界を遥かに超えているからだ。

「確かにそんな力が出たら、体がぶっ壊れて死んじまうのも分かるな」

「さて、血塗られた鉱石《ブラッディー・オア》の能力は使い切ってしまったね。今日はもう使えないから、他の要素を検証しよう。悠真くん」

「は、はい」

「昨日、トゲのような物を出して魔物を攻撃してたね。あれはなんだい？」

「あ〜あれは……」

悠真は庭にいたデカスライムの戦闘方法を、アイシャと神崎に説明した。

「なるほど……体から毬栗《いがぐり》みたいにトゲを出して攻撃するのか……まるでハリネズミのよ

うだね」

そう言ってアイシャはニコニコと笑う。

「おもしろい。おもしろいよ、悠真くん。実際にやってみてくれないか？」

「……分かりました」

悠真は手を地面につけ、屈《かが》むような格好で全身に力を入れる。頭の中で毬栗《いがぐり》やウニを思い浮かべ、カッと目を見開く。

頭や背中、肩などから一斉にトゲが伸び、その数は数百本に及んだ。

アイシャはその光景を見て「ほう」と感嘆の声を上げる。

「素晴らしいよ！　トゲが伸びるスピードはかなりのものだし、相手が向かってくれば、その勢いも利用できる。まさにカウンター。必殺技のように使えるじゃないか！」

「あ、まあ、そうかもしれませんけど」

「細くするほど貫通力が増すな。だが細すぎると魔物に致命傷を与えられないか……そうなると……ぶつぶつ」

なにかを考えながら歩き回るアイシャ。完全に自分の世界へと入ってしまう。

「あ、あの……」

「ん？　ああ、すまない悠真くん。それじゃあ今後の目標を決めようか」

「目標ですか？」

悠真《ゆうま》が不安そうに尋ねると、アイシャはなんでもないように――

「もう一度五十六階層に行って、血塗られた鉱石《ブラッディー・オア》を取ってくるんだ。数は二十個」

「はあ⁉ 二十個だぁ？ なんでそんなことしなきゃいけねーんだ‼」

話を聞いた神崎が激怒する。

「当然、もっと深い階層攻略を行うためだ。それだけの血塗られた鉱石《ブラッディー・オア》があれば、どんな魔物でも倒すのが容易になるだろ？」

「ふざけんな‼ 俺たちがどれだけ酷《ひど》い目にあったか忘れたのか⁉」

「そうカッカするな鋼太郎《こうたろう》。もちろん分かってるさ」

「分かってるヤツが、二十個も魔鉱石取ってこいなんて言うかよ！」

「だからこそ準備をするんだ。今度は一か八かじゃなく、安全に帰ってくるためにね」

「どうするっつーんだ⁉」

顔をしかめる神崎を横目に、アイシャは「ふふん」と笑って悠真の肩を叩《たた》く。

「まず現状を把握しよう。もう爆弾のストックは無い、悠真くんのピッケルも落としてしまった。しかし代わりに血塗られた鉱石《ブラッディー・オア》を二つ手に入れ、悠真くんの能力を活用する方法も見えてきた」

「だから何だってんだ？」

神崎が苛立《いらだ》ったように言う。

「あとは鋼太郎、君の腕次第だよ」

「え⁉ 俺？ なんで俺が出てくんだ！」

「今から一週間、悠真くんを鍛えてもらいたい。五十六階層にいるヴァーリンを難なく倒せるぐらいにね」

「一週間だと？」

「そうだ。私とD－マイナー社との契約は一ヶ月間。あと一週間とちょっとで終わってしまう。だからその前に結果を出してもらいたいんだ」

「簡単に言うな！ 一週間やそこらで人が強くなる訳ねーだろ‼」

「できるさ」

アイシャは不敵に微笑む。

「考えてみろ。血塗られた鉱石《ブラッディー・オア》の能力は基礎的な身体能力に補正をかける〝身体強化魔法〟だ。悠真くんの体力が向上すればその分、効果は飛躍的に上がる。そのうえ、私たちが今いるのは『黒のダンジョン』だぞ？」

「だからなんだ？」

神崎が仏頂面《ぶっちょうづら》で聞くが、アイシャは「そんなことも分からないのか」といった表情で溜息《ためいき》をつく。

「ここには身体を強化する魔鉱石が山ほどあるんだ。たとえ一つ一つの効果が小さくても、大量に摂取し、尚且《なおか》つ悠真くんの体力自体が上がればその相乗効果は計り知れないはずだ。そして体力格闘バカの鋼太郎、お前がいるんだから心配はいらんだろう」

「誰が『体力格闘バカ』だ‼」

「フフッ……まあ一週間経っても充分効果が上がらず、まだまだ危険だとお前が判断したなら、今回の探索は諦めよう。この条件でどうだ？」

「う……まあ、その条件だったらいいが……」

「だったら決まりだ！」

アイシャにうまく乗せられた感もあるが、とにかく神崎と一週間、地獄の特訓をすることがこの時決まってしまった。

大丈夫だろうか？　と悠真は不安になってくる。

「よし、そういうことだ悠真。今日から一週間、みっちりと訓練していくからな。覚悟しておけよ！」

「え、ええ……それはいいですけど、なにからやれば？」

「まずはダンジョンを出て、ホテルに帰るぞ」

「出るんですか？　ダンジョンを」

神崎はズンズンと出口に向かって歩いて行く。悠真がアイシャを見ると、フフッと微笑んでいた。

どうやら神崎に全て任せる気のようだ。

悠真は神崎のあとを追いかけ、そのままダンジョンの外に出た。

◇◇◇

ホテルに戻った悠真は、紙になにかを書いている神崎を見つける。

「おーし！　できた」

「なんですか？　それ」

「今後の本格的なトレーニングメニューだ。俺たちはアイシャから金をもらってる立場だからな。やるだけやらねーと。今までより量を増やしておいたぜ」

悠真は神崎から紙を受け取り、内容を確認する。

①腕立て百回、腹筋百回、スクワット百回を一セットとし、一日三セット行う。
②朝と夕方、５キロずつのランニング。
③一日二時間は格闘技の訓練。
④毎日ダンジョンの二十階層から三十階層に入って魔物を倒し、魔鉱石を回収する。

「え～～と……これ、全部やるんですか？」

悠真が不安気に聞くと、神崎は当たり前のように答える。

「まあ、様子を見ながらトレーニングは追加していくから、最初はこんなもんか。最終的にはもっとハードになるだろうけど」

それを聞いて悠真は青ざめる。

はたしてこの仕事が終わるまで、生きていられるだろうか？

すぐにトレーニング開始となる。筋トレを一通り終わらせ、肩で息をしていると、神崎はどこからか格闘技用のミットを何種類か持ってきていた。

「じゃあ、ダンジョンに行くぞ。悠真！」

神崎は張り切ってホテルを出た。活《い》き活《い》きしてるように見えるのは気のせいだろうか？

ダンジョンの一階層に着くと、さっそく神崎《かんざき》の格闘技指導が始まった。

「まずはボクシングのワン、ツーだ。このミット目がけて打ってこい！」

神崎はパンチングミットを両手に装着して構える。悠真は仕方なくボクサーっぽく殴ってみるが――

「なんだ、そのへっぴり腰は！　もっと姿勢を正して力を込めろ‼」

「はい！」

神崎にどやされながら、その日は二時間どころか四時間以上格闘技の練習に費やされた。へろへろになってホテルに帰ろうとすると、

「悠真、最後に5キロ走ってから帰るか。俺も走るから一緒に行こうぜ！」

本当に地獄だった。

翌日からも体に鞭《むち》打《う》って訓練に励む。筋トレとランニングが終われば、神崎とのマンツーマンの格闘訓練。

右足をまっすぐに踏み込み、同時に右拳を突き出した。

「そうだ、それが中国拳法の〝一拳動〟だ。空手やボクシングの〝二拳動〟との大きな違いだな」

「これが中国拳法の〝正拳突き〟みたいなものなんですか？」

「そういうことだ。動作が小さい分、より速く相手に拳を叩き込める！」

その後も神崎が持つミットに向かって、ローキックやミドルキックを打ち込んで練習する。午後からはダンジョンに入り、魔物を狩りまくった。

ピッケルが無いので効率が悪くなってしまったが、代わりに自分が『液体金属化』で作り出せる武器のバリエーションを増やすことにした。

「悠真、行ったぞ‼」

ダンジョンの二十二階層で、足の速い四足歩行の魔物と戦っていた。背中にはアルマジロ以上に硬い甲羅がついている。

『金属化』している悠真は、向かってくる魔物を視界に捉え、左手をかかげる。

左手はうねうねと形を変え、さらに液体金属が巻き付いていった。それは大きな斧《おの》となり、頭上で魔物を待ち構える。

飛び込んで来た魔物に、悠真は斧を振り下ろした。

一撃必殺――甲羅を纏《まと》った魔物を斬り裂き即死させる。辺りに鮮血が飛び散り、死骸は砂となって消えていく。

「よし、充分通用する！」

「悠真、その調子だ。他の魔物も倒していくぞ」

「はい！」

その後も神崎と一緒に何十体もの魔物を倒し、帰りはランニングで出口まで行く。

１０キロ以上を走ることになり、ホテルに着く頃にはクタクタになった。

翌日は朝から筋トレ、神崎による格闘技指導、そしてアイシャに呼び出されて『金属化能力』の分析を行う。

「液体金属化の能力ってのは、どれくらい姿を変えられるんだい？　少し変化させてみてくれないか」

「分かりました」

悠真は怪物の姿になったあと、丸いスライムの形になり、さらにドロドロ状態の液体金属になる。

「おお！　そんな形にもなれるのかい」

「まあ、イメージさえできれば、単純な形にはなれますね」

「そうか、ではもう一度怪物の姿になってくれ」

「あ、はい」

悠真《ゆうま》はドロドロ状態から怪物の姿へと変わる。二メートル近くある筋骨隆々の体躯《たいく》は、近くで見るとかなり怖い。

一緒に来ていた神崎でも、気軽に近づこうとはしなかった。

「やっぱりその姿が一番しっくりくるね。とても戦闘向きだ」

「まあ、そうですね」

アイシャの部屋にある鏡で自分の姿を確認すれば、全身に黒い鎧《よろい》を着こんだ厳《いか》つい戦士に見える。戦隊ものに出てきそうな格好だ。

もっとも戦隊側ではなく怪人側の方だが。

「その姿に名称がないのも不便だからね。仮に〝金属鎧《きんぞくよろい》〟と呼ぶことにしよう」

「金属鎧……ですか」

「なかなか格好いいだろ？」

アイシャはニヤリと笑って悠真を見る。

金属鎧――確かに、ちょっとかっこいいかも。

そんなことを思いつつアイシャの部屋をあとにした悠真は、今日も『黒のダンジョン』へと足を運んだ。

◇◇◇

「悠真！」

「大丈夫です！　行けます」

岩のゴーレムが振るう腕をかわし、懐《ふところ》に潜り込む。〝金属鎧〟の状態になっていた悠真は、ゴーレムの顔面に拳を叩《たた》き込んだ。

拳にあるスパイク状の突起によって、岩の表面が砕け散る。二メートル以上はあろうゴーレムの巨体がわずかに揺れた。

だが倒れることを拒み、その凶悪な握力を持つ手で悠真に摑《つか》みかかろうとする。

悠真は屈《かが》んで手をかわし、全身に力を込めた。

背中や頭などから、長く鋭いトゲが何百本も伸びてゴーレムの体を貫く。声を出せない無機質な魔物が一瞬、呻《うめ》いたように思えた。

悠真はトゲを引っ込め、体を元に戻す。尚《なお》も向かって来ようとするゴーレムに、全力で体当たりした。

岩のゴーレムはグラリと揺れ、そのまま地面に倒れ込む。

ドスンッと重い音が鳴り、土煙が舞う。ゴーレムが起き上がろうとした時、馬乗りになった悠真が右手を剣に変える。

藻掻《もが》くゴーレムの胸元に剣を突き立て、全体重をかけてより深くへ押し込んだ。

悠真を押しのけようとした腕が、ピタリと止まる。動かなくなったゴーレムの体は徐々に崩れ始め、サラサラと砂になって消えていった。

「やったな、悠真」

神崎が駆け寄ってきた。今いるのは三十六階層。以前は爆弾などを使ってやっと来ることができた場所だ。

だが、今回は爆弾も〝超パワー〟も使わず来ることができたうえ、難敵だった岩のゴーレムも短時間で倒すことができた。

神崎も破顔し、思いのほか喜んでいる。

「悠真、魔鉱石が落ちてるぞ！」

「前にも手に入れた〝銀〟の魔鉱石ですね。身体能力が大幅に向上するっていう」

「やったじゃねーか。一旦持ち帰ってアイシャに見せよーぜ。あいつ、絶対確認したがるだろーしな」

「そうですね。〝銀〟を落とす灰褐色のゴーレムってなかなかいませんし、この前は社長が無理矢理もぎ取ってましたから」

二人は今日の探索を終わりにしてダンジョンを出ることにした。

もちろん、ランニングをしながらではあるが。

◇◇◇

「おおお！　銀の魔鉱石か、またあのゴーレムを倒したんだね」

ホテルに戻って魔鉱石を見せると、アイシャは大喜びでそれを手に取り、目を輝かせて笑みを漏らす。

「さっそく、どれくらい身体能力が上がるのか計測してみよう」

アイシャはそそくさと部屋を出て、必要な計器を取りにいった。その機敏な動きに神崎と悠真は笑ってしまう。

「ほんと、あいつは『黒のダンジョン』のこととなると子供みたいにはしゃぐからな。なにがそんなに楽しいんだか……」

「そうですね」

そんな話をしていると、ものの十分ほどでアイシャは戻り、部屋の中に機器や装置を並べていく。

「測るのは三つ。筋力、敏捷性《びんしょうせい》、持久力だ。部屋の中だから簡易的な検査しかできないが、データが取れないよりは遥《はる》かにましだ」

並んでいるのは握力計、背筋力計、ノートパソコン。それに大型の測定機器まで運び込まれていた。

「まずは筋力から測る。悠真くん、やってみてくれ」

「分かりました」

生身の状態で握力計を握り、力を込める。

「ふんふん、48・5か……。じゃあ次は背筋力の測定だ」

「はい」

言われる通り背筋力計を使い測定をする。アイシャは大学ノートに数値を書き込んでいく。その後はノートパソコンを起動し、反射速度を測ることになった。

「円の色が変わったらクリックしてくれ」

まるでゲームのような検査で悠真は顔をしかめた。

「こんなので敏捷性が分かるんですか？」

「〝速さ〟とは目から脳、脳から指先に伝わる電気信号の速さだ。この電気信号の動きを見ればある程度の反応速度、すなわち敏捷性を測ることができる」

「へ～、そうなんですか」

った。

「もっとも、ここにある機器で正確に測れるとは言い難《がた》いがね」

反応速度を測る検査は五分ほどで終わり、アイシャは測定結果をノートに書き込んでいった。

「最後は持久力だ。この装置をつけてくれ」

「なんですか？　この機械」

そこにあったのはランニングマシンとラックに入った測定機器、そしてチューブに繋《つな》がった酸素マスクだった。

「呼気ガス分析法ってやつだ。人間は酸素を利用することで運動エネルギーを作り出している。体内に充分な酸素を取り入れて利用するのが全身持久力。すなわち運動継続時間の長さだ。それを測る装置だよ」

かなり大掛かりな機械で大変そうだが、文句を言う訳にもいかず、悠真は渋々体に取りつけ、計測をスタートさせた。

酸素マスクを装着してランニングマシンの上で走る。

なかなかにキツかったが全力で走り続けた。徐々に負荷がかかり、ある程度の運動強度に達すると最大酸素摂取量が測定できる。

「はい、ＯＫ！　もういいよ」

アイシャの許可が出て悠真は酸素マスクを取る。ハァ、ハァと息が上がり、疲れてランニングマシンのハンドルバーにもたれかかる。

「一時間休憩にしよう。悠真くん、その間に〝銀〟の魔鉱石を食べておいてね」

「はい、分かりました」

悠真は言われた通り、銀の魔鉱石を飲み込み、部屋のベッドで休むことにした。

ベッドで横になる悠真を横目に、窓際《まどぎわ》で煙草《たばこ》をふかしていた神崎《かんざき》が口を開く。

「おい、アイシャ。その銀の魔鉱石、前のヤツと同じぐらいの大きさだよな。効果も同じぐらいってことなのか？」

ラックに入った計測機器をいじりながら、アイシャは上機嫌で頷《うなず》く。

「まあ、そうだな。基本的に同じ鉱物で同じ重さなら、得られる効果も同じはずだ。そう、同じはずなんだよ、基本的にはね。フフフ……」

不気味に笑うアイシャに眉根を寄せつつ、神崎は窓の外に煙草の煙を吐いた。

「さあ、休憩は終わりだ！　もう一度測定しよう」

アイシャの指示で、悠真は筋力などの計測を全てやり直した。三十分もかからず測定は終わり、必要なデータは出たようだ。

「どうだった？」

神崎が聞くと、アイシャは満足そうにニヤついていた。

「筋力で8%、敏捷性で6%、持久力で5%ほど上がっていたよ」

「なんだ。思ったより低いな。銀の魔鉱石は10%近く能力値を上げるって、お前言ってたじゃねえか」

「いや、これでいいんだ鋼太郎《こうたろう》。これで私の理論が証明されるかもしれない」

「なんだよ、理論て?」

神崎が片眉を上げる。

「魔鉱石が体を強化することは知られているが、どう強化されるのかは詳しく分かっていない。特に議論があるのが『乗算』か『加算』かということ」

「乗算と加算ですか?」

悠真が思わず聞き返す。アイシャは「ああ」と楽しそうに答えた。

「前にも言ったが、この身体強化能力は〝魔法〟の一種だ。ダンジョンの中なら常時発動している。おっと、悠真くんは地上でも発動してるんだったね」

アイシャはクスリと笑って話を続ける。

「強化能力の計算方法の話だよ。パーセントで能力が上がるのか、プラスαで能力が上がるのか、長年研究者の間で議論になっていてね。まだ答えは出ていない」

「そうなんですか」

「でも悠真《ゆうま》くん！　君のおかげで答えが出るかもしれないんだ‼」

「え、俺ですか？」

突然の話に悠真は困惑する。

「今回の測定で分かったのは、同じ魔鉱石は二度目に使った時の方が効果が低くなる可能性があるってことだ。なぜか分かるかい？　悠真くん」

「え？　なぜって……」

悠真は頭を捻《ひね》るが、当然答えなど出るはずもない。

「同じ種類の魔鉱石は加算されているってことだよ。つまり基礎体力１００に対して10％能力が増加すれば、基礎体力は１１０になる。もう一度10％増えれば１２１になるが、これは乗数で計算した場合だ。もし最初の10％に、もう一度10％が加算されれば20％となり、基礎体力に掛ければ１２０になる。つまり、ここに１２１と１２０という違いが生まれる訳だよ。これが私の唱えている理論。魔鉱石の種類が同じであれば合算された状態で基礎体力に乗算されるが、種類の違う魔鉱石の場合はそれぞれで乗算されるという理論だ。どうだい、分かるかな？」

「……いえ、まったく分かりません」

悠真は遠い目をして答え、神崎に至っては窓の外に視線を移し、話すら聞いていない。

「まあ、要するに、君のおかげで私の理論が証明され、論文にして発表できるかもしれないってことだよ」

「……それは良かったですね」

悠真はちんぷんかんぷんだったが、それ以上聞く気にはなれなかった。

「まあ、それはいいとして。悠真くん、実はずっと気になっていたことがあってね」

「なんでしょう？」

「ちょっと待ってて」

戸惑う悠真を他所《よそ》に、アイシャは部屋の奥から体重計を持ってくる。悠真の足元に置くと、ニッコリと笑って立ち上がった。

「体重を測ってもらえるかな？」

「ええ、いいですけど」

悠真はアイシャに言われるまま、体重計に乗る。デジタル表示で数値が出た。

「61・2キロか……」

アイシャは大学ノートに体重を書き込む。

「次は〝金属鎧《きんぞくよろい》〟の状態になってくれ」

「わ、分かりました」

アイシャがなにをやりたいのか分からないまま、悠真は『金属化能力』を発動して怪物の姿になった。

黒く厳《いか》つい怪物を見て、アイシャは楽し気に笑う。

「やっぱり近くで見ると迫力があるね。じゃあ、その姿のままもう一度体重を測ってくれるかな」

「はい」

悠真は金属鎧の状態で体重計に乗る。

「うん、なるほど……130キロだね」

「え⁉」

アイシャの言葉に、神崎は耳を疑う。

「130キロって、増えてるってことか？　体重が倍以上に」

「そういうことだ。金属鎧の姿になると悠真くんの体が二回りほど大きくなってるんでね。体重がどうなってるのか気になってたんだ」

「どういうことだよ。〝魔鉱石〟の能力でそんなことができるのか？」

神崎は悠真の体をマジマジと眺めながらアイシャに尋ねる。

「いいや、普通ならありえないさ。そう、普通ならね」

含みのある言い方をしたあと、アイシャは「なるほど、なるほど」と呟《つぶや》きながら何度も頷いていた。

「さて――」

アイシャは神崎の方へ顔を向け、するどい視線を送る。

「今日で約束の一週間だ。鋼太郎、君の意見を聞かせてもらおうか。悠真くんは五十六階層に行って、二十個の魔鉱石を取って来れそうか？」

問われた神崎は携帯灰皿で煙草を消し、吐き出した煙を窓の外へと逃がす。

「まあ、一週間程度で戦闘能力が向上することなんてない！　そう言って断ろうと思ってたんだが……」

「違ったんだな？」

アイシャはニヤリと笑う。

「今の悠真の力なら、依頼をクリアすることはできるだろう。俺が保証する」

「決まりだ！」

アイシャは悠真の顔を見る。

「明日、五十六階層に行く！　二十個の血塗られた鉱石《ブラッディー・オア》を回収。余裕があればさらに下層を目指す。それでいいね？」

「はい！　分かりました」

「しゃーねーな、やるだけやってみるか」

悠真と神崎の答えに、アイシャは満足そうに頷いた。

◇◇◇

翌日――

『黒のダンジョン』五十六階層に、悠真と神崎とアイシャ、三人の姿があった。

鋼鉄の体を持つ魔物、ヴァーリンが徘徊《はいかい》する中、悠真たちは岩陰に隠れてその様子を見ている。

「ここまではなんとか来れたな」

六角棍《こん》を肩に乗せながら、神崎はうろつく魔物を見やる。

そんな神崎の言葉に、悠真もコクリと頷く。

「はい『金属化』できる時間は残り四十分もありますし、血塗られた鉱石《ブラッディー・オア》の力も使ってませんから、多少の余裕はありますね」

「こっからは全力で行け、悠真！　あの猿を倒して魔鉱石がドロップしたら俺が回収していく。お前は気にせず奴《やつ》らをぶっ飛ばせばいい！」

「分かりました！」

表情が険しくなった悠真を見て、アイシャも声をかける。

「〝超パワー〟は使い切っても大丈夫だよ。回収した魔鉱石を食べれば、また使えるようになるからね。とにかく、目標は二十個の魔鉱石だ」

「はい！」

悠真は岩陰から勢いよく飛び出した。走りながら『金属化』能力を発動し、全身を金属の鎧で覆う。

洞窟内をうろついていた数体のヴァーリンが、悠真の存在に気づいた。

招かれざる侵入者に、魔物は気色《けしき》ばんで向かって来る。

「かかって来やがれ‼」

悠真は戦闘態勢に入った。血塗られた鉱石《ブラッディー・オア》の力を解放し、全身に血管のような筋が駆け巡る。

飛びかかって来たヴァーリンの顔面に、右ストレートを叩《たた》き込んだ。

拳がメリ込み、ヴァーリンの鋼鉄の体が後方に吹っ飛ぶ。地面に何度も体を打ちつけ、転がっていく。

さらに二匹のヴァーリンが飛びかかってきた。

悠真は地面に右手をつき、前屈《まえかが》みになる。全身に力を込めると、背中や頭、肩や腕から無数のトゲが一気に伸びる。

二匹のヴァーリンは何十本ものトゲに体を貫かれ、その動きを止めた。

悠真がトゲを引き抜き、体を元に戻すと、ヴァーリンの体がグラリとよろめく。その隙を見逃さず、足を踏み込んで一匹に前蹴りを放つ。

まともに食らったヴァーリンは衝撃に耐えきれず、吹っ飛んで岩壁に激突した。

悠真はすぐに態勢を整え、拳を腰に据える。目の前には全身から血を流す魔物。

足から腰へ、腰から肩へ、肩から腕へ。神崎《かんざき》から習った空手の動きを再現する。

「うおおおおおおお‼」

渾身《こんしん》の正拳突きを繰り出すが、ヴァーリンは咄嗟《とっさ》に右腕でガードした。

それでも悠真の一撃はヴァーリンの腕を砕き、そのまま顔面を叩き潰す。魔物は絶叫しゴロゴロと転がっていった。

三匹は地面に倒れたまま動かない。この間、わずか七秒。

——通じる。俺の力は充分通じる！

「悠真！　油断するな。そいつら、まだ死んでないぞ‼」

ハッと顔を上げる。確かにヴァーリンは砂になって消えてない。

途轍《とてつ》もないタフさだと思いつつ、悠真は止めを刺すため倒れたヴァーリンに近づいていく。

右手を砕かれたヴァーリンがヨロヨロと起き上がる。大気を引き裂く咆哮《ほうこう》を上げ、悠真に向かってきた。

摑《つか》みかかろうとする左手を払い除《の》け、足を踏み込んでボクシングの連打を叩き込む。脇腹に、胸に、顔面に。的確にダメージを与えた。

グラついて後ずさるヴァーリンを悠真が追撃する。伸ばした右腕を剣に変え、その剣の切っ先を魔物に向ける。

体に流れる赤い血脈は輝きを増し、渾身の力で突き立てた剣は魔物の胸を貫いた。ヴァーリンは断末魔の叫び声を上げ、ガクリと項垂《うなだ》れ、砂となって消えていく。

「やった……」

悠真は『血塗られた鉱石《ブラッディー・オア》』による力の調整を、ある程度できるようになっていた。ここぞという時に最大のパワーを引き出せば、強力な魔物だって倒せる。そんな確信が悠真を突き動かす。

――まずは一匹。残り二匹……。

倒れているヴァーリンたちに止めを刺そうと、悠真《ゆうま》は剣を構えて近づく。

だが洞窟内にいた他のヴァーリンが、次々に崖や岩の上から飛び降りてきた。十匹以上の魔物が辺りを囲み始める。

「くそっ！」

一匹ずつ倒している時間がない。自分に一撃でヴァーリンを倒す力が無いことに、チッと舌打ちする。

一斉に向かってくるヴァーリンの太い腕をかわしながら、攻撃の機会を窺《うかが》う。

「さすがにこの数じゃ……」

悠真が顔をしかめていると、目の端になにかが映る。切り立った崖の下、以前落とした〝ピッケル〟がそこにあった。

――あれだ！

悠真は摑みかかってくるヴァーリンの手を掻《か》い潜《くぐ》って崖下まで走り、落ちているピッケルに手を伸ばす。

ガッチリと柄の部分を摑み、振り向いて追ってくる魔物と対峙《たいじ》する。

以前より『液体金属化』はうまく使えるようになってるはずだ。今なら――

ピッケルを前にかざす。悠真の腕から液体金属がドロドロと溢《あふ》れ出し、ピッケルの先端に巻き付いた。

それは巨大なハンマーへと姿を変えていく。

ピックの部分はより鋭く、ブレードの部分は相手を叩き潰すための面に変わる。

飛びかかってきたヴァーリンに、悠真は鋭いピック部分を振り下ろす。

ピックは鋼鉄の魔物の頭を貫き、一撃で砂へと変えた。

さらに襲ってくる二匹のヴァーリンを、今度はヘッドの部分で横に薙《な》ぎ払う。巨大なハンマーで殴打《おうだ》された魔物は、凄《すさ》まじい衝撃で壁際《かべぎわ》まで飛んでいく。

別のヴァーリンが襲ってくればバックステップでかわし、ピッケルを振り上げて魔物の頭に叩きつけた。

頭蓋が砕け、体がひしゃげる。その一撃で魔物は砂になった。

「よっし‼」

自分の手元に戻ってきた最強の相棒に、悠真は思わず笑みを零《こぼ》す。

さらに四方から向かってくるヴァーリンを牽制《けんせい》するため、悠真はピッケルをグルグルと回転させ遠心力をつけていく。

最大限に加速したところでピッケルから手を離す。

恐ろしい速度で飛んでいった巨大なハンマーは、ヴァーリンの顔面に直撃。悲鳴を上げる間もなく魔物は即死し、砂となった。

ピッケルの柄にはひも状にした『液体金属』を巻き付けている。悠真はそのひもを引き、ピッケルを手元に戻す。

背後から襲いかかってきたヴァーリンに振り向き様、ピッケルを横に振り抜く。

鋭利なピックが胴体に突き刺さり、魔物は断末魔の絶叫と共に砂となって消えていった。

攻撃を畳み掛けようとした時、ピッケルの柄をヴァーリンががっしりと掴む。

「なっ⁉」

その剛腕によってピッケルが動かない。引きはがそうとしている間に、他のヴァーリンたちが迫ってくる。

「くそったれ！」

悠真は血塗られた鉱石《ブラッディー・オア》の力を最大限に解放する。全身が赤い血脈に覆われた。

ヴァーリンの顔を左拳で殴りつける。魔物は仰《の》け反《ぞ》り血を吐き出すが、ピッケルを離そうとはしない。

悠真はピッケルから右手を離し、手を長剣に変える。そのままヴァーリンの胸元に殴るように突き刺した。

吐血するが、やはり剣で刺しただけでは死なないようだ。

後ろからはさらに別のヴァーリンが摑みかかってくる。悠真は剣を引き抜き、背後からくるヴァーリンの手を払いのけた。

右手の剣を振り上げ、魔物の頭上目がけて斬り下ろす。

ヴァーリンも腕を上げて止めようとするが、その腕に深々と剣が食い込む。だが剣が鋼鉄の腕から抜けなくなってしまった。

悠真が焦《あせ》っている間にも、周りのヴァーリンは次々と襲いかかってくる。

「うおおおおおおお‼」

悠真は全力で剣を押し込んだ。ヴァーリンの腕を斬り落とし、絶叫する魔物の腹を全力で蹴り飛ばす。

ヴァーリンは地面を転がりながら、砂となって消えていく。

振り向けば、襲い来るヴァーリンたちの足元に〝ピッケル〟が落ちている。悠真は指三本をトゲのように伸ばし、ピッケルの柄に巻き付ける。

腕を引けばピッケルが勢いよく戻ってきた。バシッと柄を摑み、向かい来る魔物にハンマーのヘッドを叩きつけた。

ヴァーリンの鋼鉄の体が、骨が、内臓が、ぐしゃりと潰れる感触が手に伝う。

魔物は突っ伏すように地面に倒れ、砂へと変わった。なんとかやれると思った瞬間、体から赤い筋が消えていく。

「ああ!?」

時間切れ。三つの血塗られた鉱石《ブラッディー・オア》の能力を使い切ってしまった。

まだまだいるヴァーリンたちを見て、顔をしかめる悠真だったが――

「悠真、こっちだ！」

ヴァーリンが死んだ場所から〝魔鉱石〟を回収していた神崎が悠真を呼ぶ。

悠真はヴァーリンたちを牽制しつつ、神崎の元へと走ってゆく。

「俺があいつらを引き付ける。その間にこれ全部飲み込め！」

神崎から手渡された七つの血塗られた鉱石《ブラッディー・オア》。神崎はすぐに六角棍《こん》を振り上げ、ヴァーリンに向かって駆け出した。

「こっちだ猿ども！ 俺が相手だ‼」

何匹ものヴァーリンが神崎を摑もうと手を伸ばす。神崎はその手を払おうと、六角棍に水の魔力を流し込む。

青く輝く棍を振るってヴァーリンの体や腕に叩きつけた。

辺りに水滴が飛ぶ。神崎が派手に立ち回ってくれたおかげで、完全にヴァーリンの意識を悠真から逸《そ》らしている。

「いまのうちに……」

悠真は金属化した怪人のような口を開き、七つの魔鉱石を全て飲み込んだ。『液体金属化』の能力を使えば、口や喉を大きく開くことができる。

金属化している時に魔鉱石が摂取できることは、事前に調べて分かっていた。

全てをゴクリと飲み込んだあと、腹がジンジンと熱くなる。

どうやら問題なく取り込んだようだ。見れば神崎がヴァーリンたちに囲まれて苦戦している。悠真は体に力を込め、赤い血脈を全身に流す。

そして神崎を助けるため、全力で駆け出した。

◇◇◇

「くっそ！　こいつら頑丈だし、キリがねぇな‼」

神崎が六角棍を振るい、ヴァーリンたちを威嚇する。水魔法が込められた魔法付与武装で打ち据えても、ダメージを受けている様子がない。

あまりの頑丈さに、神崎は額から頬に汗が伝うのを感じていた。

——こんな化物ども相手に悠真は戦ってたのか……こいつらは接近戦で戦うような魔物じゃない！

周りを囲まれ、いよいよ逃げ場が無くなってしまう。その時、ヴァーリンの後ろから恐ろしい速度で近づいてくる影があった。

薄暗い洞窟の中を駆け抜けるその光は、まるで赤い稲妻のように見えた。

「社長！」

「悠真！」

悠真が振り下ろしたハンマーが、ヴァーリンの背中に直撃する。響き渡る衝撃音。

体がぐしゃりと潰れた魔物はそのまま砂となる。

さらに体を捻《ひね》り、勢いをつけて振るったハンマーで、別のヴァーリンを吹っ飛ばす。

岩壁に激突した魔物も砂となって消えてしまう。

尚《なお》も襲いかかってくるヴァーリンに、今度はハンマーを下から上に振り抜く。

ピックの部分が顎に突き刺さり、その勢いのまま魔物の体を持ち上げ、全力で地面に叩《たた》きつけた。

今度も一撃で砂に変わる。

わずか五秒ほどの出来事。神崎《かんざき》が呆気《あっけ》に取られていると——

「社長、ここは俺がやります！　社長は安全な所まで避難して下さい」

「お、おう。分かった」

神崎は悠真の横をすり抜け、アイシャが隠れている岩陰まで戻る。

そこから見る悠真の戦いは、まさに鬼神の如《ごと》き猛攻だった。もはや手を貸す必要はないだろう。

そう思えるほど圧倒的な強さだった。

その後も悠真は危なげなくヴァーリンを倒し、討伐数は目標の二十に到達した。

「取りあえず二十四は倒せましたね。どうします？　まだ倒せますけど」

悠真が尋ねると、アイシャはふるふると首を横に振る。

「いや、もう充分だ。これで手に入れた血塗られた鉱石《ブラッディー・オア》は、合計二十三個。これ以上は必要ない」

「なんで必要ないんだ？　多い方がいいじゃねーか」

ドロップした魔鉱石を集め終わり、神崎が戻って来た。アイシャはやれやれといった表情で軽く笑う。

「考えてみろ。血塗られた鉱石《ブラッディー・オア》の能力は『金属化』なしで使うことができない。悠真くんの『金属化』は一回五分、合計で一時間十分。それに対し血塗られた鉱石《ブラッディー・オア》は最大三分間能力が発動する。二十三個なら合計一時間九分。ギリギリ『金属化』の時間を超えないだろう」

「あ～確かにそうだな」

「血塗られた鉱石《ブラッディー・オア》の〝超パワー〟は出力次第でもっと短い持続時間になるが、用心するに越したことはない。悠真《ゆうま》くんの安全は絶対条件だからな」

その話を聞いて悠真も納得する。なにより二十三個分の〝超パワー〟が使えれば、大抵の敵は倒すことができるだろう。

「さて、悠真くん。まだ余力は残っていそうだね。もう少しだけ下の階層に行ってみようか」

アイシャの言葉に、神崎は顔をしかめる。

「あれだけ激しい戦いをしたんだ。一旦、戻った方がいいんじゃないのか？」

「それは悠真くんに決めてもらおう。どうだい？　先に進めそうかい？」

アイシャに問われ、悠真は自分の両手を見る。確かに体力的にはキツいが、『金属化』も『血塗られた鉱石《ブラッディー・オア》』も、あと何回かは使える。

なにより自分の力をもっと試してみたいという欲求もある。悠真はアイシャに視線を向け、ハッキリとした口調で告げる。

「もう少しぐらいは行けます！　進みましょう」

「決まりだね」

アイシャはニヤリと笑い、悠真の肩を叩く。一行はさらに下の階層へ行くことにした。

◇◇◇

黒のダンジョン・七十二階層――

「おいおい、嘘《うそ》だろ……あんなのまでいんのかよ！」

そこにいたのは、今までに見たことがないほど大きい〝岩のゴーレム〟。

悠真たちは岩陰から、信じられないといった様子で眺めていた。

「さすがにあれは戦えませんね」

悠真が零《こぼ》すと、「当たり前だ」と神崎が返す。だがデカイだけあって動きは緩慢。足元をすり抜け、下の階に行くことはできるだろう。

あるいは、もう充分下まで来たので、引き返すという選択肢もある。

最終的な判断はアイシャにゆだねられた。アイシャは腕を組み、瞼《まぶた》を閉じて考えていたが、結論が出たのかゆっくりと瞼《まぶた》を開ける。

「よし！　あのゴーレムを倒そう」

「「ええっ⁉」」

第三の選択肢が突然出てきた。想定外の判断に、悠真と神崎は固まってしまう。

「あんな立派な岩のゴーレム初めて見た。しかも〝灰褐色〟だ。倒せば恐らく〝銀の魔鉱石〟がドロップするよ。とんでもない大きさかもしれない！」

そう言ってアイシャは笑っていたが、悠真は正気じゃないと思った。

相手は全長十メートルはあろう、岩の怪物。どんなに血塗られた鉱石《ブラッディー・オア》があっても勝てる気がしない。

「無理ですよアイシャさん。あれはそれこそ強力な〝魔法〟が使える探索者《シーカー》でもないかぎり、倒せませんよ」

「そうだぞ！　悠真にもしものことがあったらどうすんだ？　ここはスルーして先に進むか、ここで終わりにして帰るかの二択だ」

二人に猛反対されてもアイシャが意見を変えることはない。

「大丈夫だよ、悠真くん。あんな怪物でも倒す方法はある」

「え⁉　そんな方法があるんですか？」

アイシャはフフンッと笑って悠真の肩を叩く。

「人間にはね、悠真くん、〝筋肉のリミッター〟というものがあるんだよ」

「筋肉のリミッター？」

「そう、そのリミッターを外して使えるのが『火事場の馬鹿力』ってやつだ」

それを聞いて神崎が口を挟む。

「おいおい、そんなもんで悠真を戦わせるのか⁉　ふざけんじゃねーぞ！」

「ふざけてなどいない。そもそも『火事場の馬鹿力』は科学的に証明されている。人間が１００％の力を出せば、通常の５倍とも１０倍とも言われる力が出るんだよ」

「じゅ、１０倍⁉」

「そう、だがそんな力を出してしまえば体が壊れてしまう。血塗られた鉱石《ブラッディー・オア》と同じ現象だ。だから脳が制限をかけて力を抑えてるんだよ」

アイシャは悠真の顔を見て、ニヤリと微笑《ほほえ》む。

「でも悠真くん、君の体は壊れない。その鋼の肉体は血塗られた鉱石《ブラッディー・オア》の超パワーにも耐えた。つまり、筋肉のリミッターを解除して１００％の力を引き出しても、問題なく使えるってことだ」

悠真はゴクリと息を呑《の》む。確かに『金属化』している間なら、体が壊れるとは考えにくい。

「悠真くん。君は本来、血塗られた鉱石《ブラッディー・オア》になんか頼らなくても、それに近い能力は使えるんだ。それが『金属化』の凄《すご》いところなんだよ」

「で、でも……どうやってリミッターを外せばいいんですか？」

「結局は精神の問題だからね。自分の体を信じて力を解放するしかない。あとは環境要因も重要かな」

「環境要因ですか？」

「そう、より追い込まれた方が力は発揮できる。だから悠真くん。今回はピッケルを使わずにあいつを倒すんだ」

「え⁉」

「おい、いくらなんでも……」

神崎が心配そうな表情で止めようとするが——

「じゃあ鋼太郎《こうたろう》！　他にリミッターを外す方法が思いつくのか？」

「い、いや、それは思いつかんが……そもそも、ゴーレムと戦う必要がないだろう。危険すぎる！」

アイシャは不満そうに神崎から顔を背ける。

「悠真くん、どうだい。やってみないか？　もし危なければ逃げればいい。相手は足の遅いゴーレムだ。君がもう一段階強くなれるチャンスだと思うが……」

悠真はしばし考え込む。もし、リミッター解除なんてことができるなら、本当に強くはなれるだろう。

探索者《シーカー》として成功するために『強さ』は必須条件だ。

アイシャは単に研究がしたいだけだろうが、その甘言に乗ってみるのも悪くないかもしれない。悠真はそう思い、アイシャの目を見る。

「分かりました。やってみます！」

悠真は〝金属鎧《きんぞくよろい》〟の姿へと変身し、岩陰から出てゴーレムの元へと歩む。

「本当に大丈夫か？　悠真」

神崎が心配そうに聞いてくる。悠真は振り返り、「無理はしませんから」と言って再び歩き出す。

悠真は階層の中ほどで足を止めた。

目の前にいるのは、十メートル以上はあろう巨大なゴーレム。全身が岩で覆われ、太い手足に、人のような顔まである。

ヒリヒリと鋼鉄の肌にも感じる威圧感。今まで出会ってきた魔物の中で、こいつが一番強いのは間違いない。悠真は呼吸を整え、巨躯《きょく》の魔物を睨《にら》みつける。

ゴーレムも悠真の存在に気づいた。

ゆっくりと体を動かし、小さな敵に向かい合う。一歩動くごとに鳴る地響き。

ゴーレムは大きく腕を振りかぶる。殴ってくる気のようだ。

――避《よ》けるのは簡単だろう。だけど、ここで避ければ自分の力のリミッターは外せない。真正面から迎え撃つ！

振り下ろされるメガトン級のパンチ。悠真も血塗られた鉱石《ブラッディー・オア》の能力を全開にする。

さらに筋肉のリミッターが解除できれば、ゴーレムの拳も弾《はじ》き返せる。そう信じて悠真は正拳突きを放つ。

一番威力が出る攻撃手段。ゴーレムの一撃と悠真の正拳突きがぶつかり合った瞬間――洞窟内に激しい衝撃が広がる。

「どうなった⁉」

離れた場所で見ていた神崎《かんざき》が目を見開く。爆散して岩や土煙が舞い上がる。力負けして吹っ飛ばされたのは、黒い鎧に覆われた悠真の方だった。

気を失っているようで、そのまま壁に激突する。

「悠真――――‼」

神崎は岩陰から飛び出し、地面に落ちた悠真に駆け寄る。

「大丈夫か⁉　しっかりしろ！」

鎧の体を抱き起こして左右に揺さぶる。悠真はハッと目を覚まし、起き上がった。

「ああ！　ビックリした……俺、打ち負けたんですか？」

「バカ野郎！　だから危ねえっつっただろう‼」

ダメージは受けていないため、悠真はすぐさま立ち上がる。だが、想像を超える強さのゴーレムを前に、勝てる気がまったくしない。

――やっぱりダメか……。

そう思った時、神崎と一緒に駆け寄って来たアイシャがゴーレムを指差す。

「見てごらん、悠真くん。あのゴーレムの右手を」

「右手……」

見るとゴーレムの右拳にヒビが入り、ボロボロと岩の破片が落ちていた。

「効いてる……のか？　俺の〝正拳突き〟……」

「そうだよ。悠真くん、君の力は通用してるんだ。もっと力が解放できれば必ずあのゴーレムを倒せるよ！」

悠真は自分の両手を見る。筋肉のリミッターを外すと言っても、簡単にできるはずがない。

それでもなにか掴《つか》めるような気がする。悠真はもう一度試すことにした。

「おい、悠真。もう、やめてもいいんだぞ！」

「社長、もう少しだけ、もう少しだけやってみます」

止めようとする神崎を手で制し、悠真《ゆうま》はゴーレムの元へと歩み出る。

悠真の姿を見つけた岩のゴーレムは、再び腕を大きく振り上げた。左足をドスンッと踏み込み、巨大な拳を落としてくる。

悠真は避けない。正拳突きの構えを取り、二つの拳がぶつかり合う。

大地を砕く衝撃。土煙が舞い上がり、岩が飛び散る。またしても吹っ飛ばされた悠真は、岩壁に激突してズルズルと地面に落ちてくる。

「うう……」

フラフラと立ち上がり、悠然と佇《たたず》むゴーレムを見上げた。

——まだダメだ。まだ太刀打ちできない。だけど……だけど、なにか掴めそうな気がする。あと少しで……。

悠真はもう一度ゴーレムの元へ行く。三度向かい合う両者。

ゴーレムの目元は奥まり、そこに二つの赤い光が輝く。赤い目で悠真を見据え、腕を振り上げた。

向かって来る者は何度でも殺す。そんな意志がビンビンと伝わってくる。

悠真は呼吸を整え、正拳突きの構えを取った。全身が燃えるように熱い。自分の体の奥底から、荒れ狂う波が押し寄せる。そんな感覚があった。

――次こそは！

「いい感じだね」

離れた場所で見守っていたアイシャが口を開く。その言葉を聞いて、神崎は怪訝《けげん》な顔をした。

「なんだ、いい感じって？　適当なこと言うなよ」

「悠真くんの動きがどんどん良くなってる。恐らく興奮状態に入り、アドレナリンが大量に出てるんだ。だとしたら、筋肉のリミッターは外れやすくなってる」

「そうなのか⁉」

「あとは彼次第だよ。もし本当にリミッターが解除できれば……おもしろいものが見られるかもしれない」

アイシャはニヤリと口角を上げた。

◇◇◇

風を切る音。大気を揺るがすほどの拳撃が、目の前に迫る。

あの拳を撃ち砕く！　それのみを考え、己の全てをこの一撃に込める。

左足を一歩踏み込むと地面が割れ、足が食い込む。今までとは違う感覚が全身を巡り、体の芯が熱を帯びる。

ゴーレムの右ストレート。それに対し、悠真も右の〝正拳突き〟を放つ。

体からは白い蒸気が噴き出した。

「うおおおおおおおおおおおおおおおおお‼」

拳と拳の激突――洞窟が震えるほどの衝撃が走った。

遠くにいたアイシャや神崎も目を見張る。悠真は拳を突き出したまま立っていた。今度は吹っ飛んではいない。

見ればゴーレムも、拳を突き出した状態で止まっている。

――ダメか。と悠真が思った瞬間、ピシッと音が鳴った。

ゴーレムの拳に亀裂が走る。その亀裂は拳全体から、腕に伝い、さらに肩にまで昇っていく。

岩が軋《きし》むような音が響き渡り、ゴーレムの腕は豪快に砕け散った。

悠真は攻撃の手を緩めず、すぐさまゴーレムの左足に向かって駆け出す。残像を生み、凄《すさ》まじい速度で移動した悠真に、ゴーレムは反応できない。

今度は左の〝正拳突き〟を石柱のような足に叩《たた》き込んだ。

轟音《ごうおん》が鳴り響き、ゴーレムの左足が大きくヒビ割れる。グラリとよろめく魔物に、悠真はさらなる追撃をかけるため、グッと身を屈《かが》めて大地を蹴った。

足元の地面は爆散し、その勢いで飛び上がった悠真は鋼鉄の弾丸と化す。

そのまま巨人の顎に頭突きが炸裂《さくれつ》。頭についている角が当たり、顎が割れた魔物は堪《たま》らず踏鞴《たたら》を踏む。

息をもつかせぬ三連撃。地面に着地した悠真は、眼前の敵を睨みつけた。

◇◇◇

「すげーぞ、悠真のヤツ！　あの馬鹿でかいゴーレム相手に押してやがる‼」

戦いを見ていた神崎は、興奮してアイシャに視線を移す。アイシャは不敵に微笑《ほほえ》んで、納得するように頷《うなず》いた。

「確かに……だいぶ力が使えるようになってきてるようだ。だが完全にリミッターが外れた訳じゃない。１００％解放できれば、あんなもんじゃないだろう」

「あれでもまだ完全じゃねーのか⁉」

神崎は信じられないといった表情で悠真を見る。悠真はゴーレムとは逆方向に走り、距離を取っていた。

「あいつ、なにやってんだ？　せっかく畳み掛けてたのに」

困惑する神崎とは違い、アイシャはニヤリと微笑む。

「なにか考えがあるようだ。おもしろそうじゃないか」

悠真は地面を蹴り、ゴーレムに向かって駆け出した。助走をつけた分、勢いに乗って加速してゆく。

そのままゴーレムの胸元目がけて跳躍。

体を丸め、回転しながら突っ込んでいく。『液体金属化』の能力で悠真の体はドロリと溶け、スパイクの付いた〝巨大鉄球〟へと変わる。

次の瞬間――　落雷のような音を立て、鉄球がゴーレムに衝突した。

ゴーレムの胸元は衝撃で砕け、岩の破片が辺りに飛び散る。

巨躯の魔物は体勢を維持することができず、グラリと背中から倒れた。

ドスンッと重々しい地響きと共に土煙が舞い上がると、ゴーレムに激突して空中に放り出された鉄球は、再び金属の鎧を纏《まと》った人型に変わる。

悠真は空中でクルリと回転し、地面に着地した。

「やったぞ！　悠真が圧倒してやがる‼」

体を変化させる攻撃方法に神崎も目を見張る。アイシャもまた感心していた。

「フフ、自分の能力を使いこなし始めてる。ああなると手がつけられないね」

倒れたゴーレムの体を、悠真は全速力で駆け上がった。右手を長剣に変え、破損している胸に突き立てる。

剣は深々と胸に刺さり、八方に大きな亀裂が走る。

──よしっ！　あとちょっとだ‼

ゴーレムは〝核〟を破壊されれば動きを止める。今まで出会ったゴーレムは、大抵胸か頭に核があった。

今回もどちらかだろうと思い、全力で破壊しようとしたが──

「うっ⁉」

悠真の体がガシリと拘束される。ゴーレムの左手に掴まれていた。

上に持ち上げられ、規格外の握力で締め付けられる。鋼鉄の体がミシミシと音を立てる。

「ぐ、この……」

悠真は体に力を込め、雄叫《おたけ》びを上げる。すると全身から数百本もの黒い突起物が伸びた。

トゲではない。より破壊力を増した長い〝剣〟だ。

その剣が巨人の手を貫き、一瞬握力が緩む。悠真は『液体金属化』能力で体をゲル状に変え、ゴーレムの手からドロリと零《こぼ》れ落ちた。

再び『人型』に戻ると、すぐにゴーレムの体を駆け上がり顔まで行く。

——胸に〝核〟が無いなら、頭を狙うまで。

悠真は両手をかかげ、頭上で手を合わせる。合わさった両手は境目を無くし、金属の塊となった。

塊はすぐに形を変え、大きな斧《おの》となる。

「うおおおおおおおお‼」

振り下ろされた斧はゴーレムの顔面に食い込み、顔の半分近くを粉砕した。尚《なお》も動こうとする巨人に、今度は首元に斧を叩き込む。

首から胸にかけて岩が大きく割れ、その衝撃でヒビが全身に回る。

それでもゴーレムは死ななかった。ボロボロになった左手でもう一度摑みかかろうとしてくる。

悠真は振り返って、思い切り斧で薙《な》ぎ払う。ゴーレムの手は斬り飛ばされ、手首は回転しながらドスンと地面に落ちた。

悠真は再びゴーレムを見据え、斧を高々と頭上にかかげる。

全身に流れる血塗られた鉱石《ブラッディー・オア》の赤い血脈が輝きを増していく。体温は上昇し、体の中から溢《あふ》れ出す力を悠真は感じていた。

――今なら最大限の力が発揮できる。

迷いなく振り下ろした巨大な斧が、ゴーレムの残った頭を粉砕した。凄まじい破壊音、そして洞窟内を駆け巡る衝撃。

ゴーレムの〝核〟が頭にあったのか、あるいは体の損壊が臨界点を超えたのか、巨大な魔物は完全に動きを止めた。

体はボロボロと崩れ落ち、砕けた岩の一つ一つが砂へと変わってゆく。

「ハァ……ハァ……やった」

砂の上に立っていた悠真は手を元に戻し、サラサラと消えていく砂をただ見つめていた。体から力が抜けてゆく。どうやら時間が経《た》ち『金属化』が解けたようだ。

「悠真！」

岩陰に身をひそめていた神崎《かんざき》とアイシャが駆け寄って来る。

「やったな。体は大丈夫か？」

神崎に言われて自分の体を見渡すが、特に問題はない。

「大丈夫みたいです」

それを聞いたアイシャは笑みを零す。

「あれだけの力を使って支障がないなんて、改めて君の能力に敬服するよ」

「アイシャさん。俺、リミッターの解除って、ちゃんとできてましたか？」

「いや……まだ完全とは言えないな。恐らく通常の倍ほどの力は出ていただろうが、最大限とはとても言えない」

「そうですか、やっぱり難しいですね」

悠真《ゆうま》は苦笑いを浮かべ、ポリポリと頰を掻《か》く。

「とは言え、君の鍛えた体の基礎体力。それに鉄や鉛、銀などの身体強化分。そして血塗られた鉱石《ブラッディー・オア》の15倍近い〝超パワー〟。加えて筋肉リミッター解除による筋力倍化だ。通常時の30倍以上の力が出てたと思うからね。充分『超人』の領域だと思うよ」

「そんなにですか……」

「まあ、それだけ力が出ると今度はコントロールするのが難しくなるが、それも訓練していけばうまくなるだろう。今後も鋼太郎《こうたろう》に鍛えてもらえばいい」

「はい、そうします！」

神崎が「よくやった！」と悠真の頭をわしゃわしゃと撫《な》でている中、アイシャは消えゆくゴーレムの砂に目を落とす。

「あれは……」

アイシャはしゃがみ込み、砂の中から見つけたものを大切そうに手に取った。

それは今まで見たことが無いほど大きい〝銀の魔鉱石〟だった。

「見てくれ、悠真くん、鋼太郎！　この魔鉱石を」

アイシャは頬を崩し、手に持った魔鉱石を悠真たちに見せてきた。

「あ～確かにデカイな」

「前に食べたものの数倍はありますね」

神崎と悠真は〝銀〟を眺めながら、その大きさに感嘆する。

「正確に測ってみないと分からないが、以前のものと比べて５倍以上はあるだろう。効果も期待できそうだ」

楽しそうに微笑むアイシャを見て、神崎はやれやれと首を振る。

「取りあえず、今日はこれくらいでいいだろう。帰ることにしようぜ」

「まあ、そうだな。成果としては充分だ」

アイシャも納得し、全員でダンジョンを出ることにした。

◇◇◇

夜――泊まっているホテルの部屋で、神崎と悠真はくつろいでいた。
「あ～疲れたな……悠真、本当に体は大丈夫か？」

ベッドに仰向けで大の字に寝転がる神崎が、隣のベッドで枕に顔を押し付け、うつ伏せに寝ている悠真に声をかける。

「はい、でも、もうヘトヘトです」

「そうだよな～」

普段ならトレーニングをして風呂《ふろ》に入る時間だが、二人ともそんな気力は残っていなかった。

「明日はどうなるんですかね、社長……またダンジョンに潜るんですか？」

「う～ん、契約は明後日《あさって》で終わりだしな。さすがにもう入らないと思うぜ。あの銀の魔鉱石を詳しく調べるんじゃないか？　それで終わりだろう」

「そう……ですよね」

「もう貰《もら》った金以上は働いたぞ。さすがに勘弁してほしいぜ」

悠真と神崎は、そのまま微睡《まどろみ》へと落ちてゆく。疲れ切った二人は、電気がついたままの部屋で泥のように眠る。

この時、二人はまだ分かっていなかった。

マッドサイエンティスト、アイシャ・如月《きさらぎ》の異常性を。

◇◇◇

「じゃあ悠真くん、昨日手に入れた〝銀の魔鉱石〟を食べてみようか」

「え？　あ、はい。でもいいんですか、こんな簡単な検査で」

朝一番でアイシャの部屋に来ると、簡易な筋力測定をしただけで魔鉱石を食べろと言われた。そのため悠真と神崎は視線を交わし、怪訝《けげん》な顔をする。

「研究所に行って細かく調べるのかと思ってたんですけど……」

悠真が尋ねると、アイシャは小さく頭を振る。

「いやいや、そんな時間はないよ。明日はＤ－マイナーに出した依頼の最終日だからね。いそがしくなる」

「え⁉　いそがしく？」

意外な言葉に、悠真も神崎も目を丸くする。

「まあまあ、そんなことより〝銀の魔鉱石〟を飲んでみてくれ。はい」

アイシャは魔鉱石と、水の入ったコップを悠真に渡す。

「は、はあ……」と受け取った悠真は、チラリとアイシャを見た。目をランランと輝かせ、満面の笑みでこちらを見つめている。

「あの……でも、マナ指数大丈夫ですかね。200ぐらいしかなかったのに、魔鉱石ばっかり食べてたから、もう無くなってるんじゃ……」

「大丈夫だよ、悠真くん。君はこのダンジョンでさらに300ほどマナ指数を増やしているはずだ。ちゃんと伸びているよ」

「え⁉ 本当ですか？ でもマナ指数は測ってませんよ」

黒のダンジョンに入ってから、マナの測定など一度もしていない。そのため悠真は自分のマナ指数がどうなっているのかまったく把握していなかった。

「心配ないよ。私はマナ測定器など使わなくても、魔物や魔鉱石のマナ指数は全て頭に入っている。つまり君のマナがどれくらい上がって、どれくらい染まっているか、完全に理解しているってことだよ」

アイシャは人差し指で自分の頭をツンツンと指し示す。

「この大きな銀の魔鉱石でもマナ指数は200ほど、今まで使った魔鉱石を全部足し合わせても200そこそこ。君のマナ指数の総量が500だから、〝銀〟を摂取しても、あと100ほど余裕がある」

「そうなんですか、でもやっぱり魔法が使いたいんで、マナはこれ以上染めたくないんですけど……」

渋る悠真に、アイシャは首を横に振って残念そうな顔をする。

「悠真くん。マナ指数を上げたければ、まず強くならないとダメだ。今いる探索者《シーカー》の中で、マナをケチって強くなった者はいないよ。君の場合は、魔鉱石による身体強化が強くなる一番の近道だ。まずこれで強くなって、そのあと魔法を覚えればいい」

アイシャは魔鉱石を飲むことを笑顔で促してくる。確かに言っていることはその通りだと思う。

本当は魔宝石を摂取したいが、今は我慢するしかない。

悠真はそう思い、魔鉱石を飲み込むことにした。

◇◇◇

「おい、アイシャ……今言ったこと、本当なのかよ。銀の魔鉱石のマナ指数が200だとか、今まで食った魔鉱石の合計も200ほどとか……」

悠真が魔鉱石を飲んでいる間、神崎はアイシャに小声で話しかける。

「ハッ？　なに言ってる。全部嘘《うそ》に決まっているだろう」

「全部⁉」

「血塗られた鉱石《ブラッディー・オア》、一つだけでもマナ指数は700ほど。それを二十三個も食ったんだぞ。

全部で1万6100のマナだ」

「そんなに⁉」

神崎は悠真に聞こえないように声を殺す。想像より遥《はる》かに大きいマナ指数に驚愕《きょうがく》していた。

「あの〝銀の魔鉱石〟もグラムで推定するなら、恐らくマナ指数1200は下らない」

「1200って……。一体今まで食った魔鉱石の合計って、いくつになるんだ？」

「まあ、大体の推定値だが、全部で2万くらいにはなってるだろう」

「に……2万って……それを400程度って言い切ってたのか？　えげつないにも程があるぞ！」

「フンッ、嘘なんてバレなければ問題ないさ」

「お、お前、極悪人の考え方じゃねーか！」

一切悪びれることのないアイシャの態度に、さすがに神崎は呆《あき》れてしまった。

第三章　王の力

銀の魔鉱石を取り込んだ悠真は、腹の中で熱が駆け巡るのを感じていた。いつも通り、問題なく取り込めたようだ。

「アイシャさん、食べました」

「うん、ではもう一度筋力を測定しようか」

悠真は再び握力計や背筋力計を使い、筋力の測定を行った。出た数値を大学ノートに書き込むアイシャを見ながら、悠真は不安な気持ちになる。

——いそがしくなるって言ってたけど、やっぱりダンジョンに入るのかな。

測定の結果に満足したようにアイシャは頷《うなず》き、悠真の元へとやって来る。

「結果が出たよ。今回の銀の魔鉱石は、筋力で55%、敏捷性《びんしょうせい》で41%、持久力で37%基礎体力が増加しているようだ」

「測ってないのに敏捷性や持久力も分かるんですか？」

悠真が尋ねると、アイシャは自信ありげに微笑《ほほえ》む。

「推定値だけどね。筋力の上昇率が分かれば、敏捷性と持久力の上昇率もある程度分かる。相関関係があるからね」

「そうなんですか」

――それにしても55％の筋力アップか……それってけっこう凄《すご》いんじゃないのかな？

悠真《ゆうま》が自分の両手を見て感慨にふけっていると、アイシャは椅子に腰かけ、足を組む。

「今まで摂取した『黒のダンジョン』の魔鉱石を全て合わせると、筋力で2倍、敏捷性で1・8倍、持久力で1・7倍は上がっているだろう」

「そりゃすげーな！」

黙って見守っていた神崎《かんざき》も、思わず声を上げる。アイシャは当然とばかりに口角を吊《つ》り上げた。

「魔鉱石で筋力は2倍になり、鋼太郎《こうたろう》の元でトレーニングも積んでいる。そして血塗《ブラッディー》られた鉱石《オア》を発動すれば最大15倍の〝超パワー〟が使えるうえ、筋力のリミッター解除まで悠真くんは覚えた。もはや中層の魔物では相手にならないだろう」

アイシャのその言葉に、悠真と神崎は不穏な空気を感じた。

「だから今度はね。黒のダンジョンの深部……いや、最下層を目指そうと思ってる」

「なっ⁉」

神崎の顔が引きつる。

「バカ言ってんじゃねえ‼　最下層⁉　そんな所まで俺たちだけで行ける訳ねーだろーが！」

神崎に怒声を浴びせられても、アイシャが怯《ひる》む様子はない。

「まあ聞け、鋼太郎。なにも無謀なことをしろと言ってるんじゃない。他のダンジョンと違って、黒のダンジョンには深層に行きやすい特徴がある」

「特徴？」

「黒のダンジョンの魔物は、下層に行けば行くほど巨大になっていくんだ。それに比例して力も強くなっていくんだが……」

「ダメじゃねーか‼」

神崎はこめかみに青筋を立て、アイシャを睨《にら》みつける。

「話は最後まで聞け。その分、動きは緩慢になり、小さな生き物に気を留《と》めなくなっていく。つまり戦わずに通り抜けるだけなら、むしろ容易になるんだ」

「ホントかよ⁉」

神崎は疑いの目で見るが、アイシャは真顔で頷いた。

「本当だよ。実際、海外ではこの方法で黒のダンジョンの最下層まで行った探索者《シーカー》もいるぐらいだ」

「だからって、必ず行ける訳じゃねーだろ！　だいたい一日で行って帰ってこられる距離じゃねえ」

「この黒のダンジョンの面積はそれほど大きくない。茨城にある赤のダンジョンの半分もないんだ。だから行けないことはないだろう」

「簡単に言うな！　俺たちに不眠不休で進めってのか⁉」

神崎は否定的だが、アイシャは引かない。

「今回は戦わなくていい。ただ息を潜め、行ける所まで行きたいんだ。もしこれ以上無理だと思えば、鋼太郎、お前の判断で引き返して構わないから」

「う……だけどな」

乗り気になれない神崎に、アイシャはドスの利《き》いた低い声で呟《つぶや》く。

「分かっているよな、鋼太郎。Ｄ－マイナー社との契約は明日まで。つまり今日依頼を断れば契約不履行になる。金は払わないうえ、場合によっては賠償金も請求できるんだぞ。それでもいいのか⁉」

神崎は、うぐっと苦虫を噛《か》み潰したような顔になる。明らかな脅迫だが、アイシャならやりかねない。

神崎もそのことが分かっているため、唇を噛む。

なにも言い返せない神崎を見て、アイシャは勝ち誇ったように頷き、悠真を見る。

「悠真くん、話はついたよ。今からダンジョンに潜る」

「は……はい」

「なあに、心配はいらないさ。極力戦いは避けるようにするし、もし魔物が襲ってきても、今の君ならそうそう負けないだろう」

「まあ……そうかもしれませんが」

アイシャはまるでピクニックに行く子供のような表情をしている。こんなテンションの人とダンジョンに入って大丈夫だろうか？

心配になった悠真が神崎を見るが、神崎は相変わらず顔をしかめて唸《うな》っていた。

深い溜息《ためいき》をつく。結局、最後のダンジョン探索に出かけることになった。

◇◇◇

千葉にあるＤ－マイナーの事務所。

青のダンジョンから戻ってきた田中《たなか》は、採取した〝青の魔宝石〟をバッグから取り出し、デスクの上に置いていた。

「これが〝アイオライト〟の2カラット。十二個あります」

「お疲れ様です、田中さん。これで依頼された分の魔宝石は揃《そろ》いましたね。明日にでもアイザス社に行って納品してきます」

「お願いします」

田中はふぅーと息を吐き、ハンカチで額の汗を拭う。

「それにしても、社長や悠真くんは大丈夫ですかね？　依頼を受けて、もうすぐ一ヶ月になりますけど」

「そうですね。社長は全然連絡してこない人ですけど、連絡がないってことは順調にいってる証拠じゃないですか？　もっとも、悠真くんは大変でしょうけど」

舞香《まいか》はクスリと笑い、田中も「そうですね」と苦笑する。

「悠真くんも戦ってるんですかね？　いい経験になるとは思いますが」

「まさか」

舞香はふるふると首を横に振る。

「いくら社長がスパルタでも、あんなところで戦わせるなんてありえませんよ。黒のダンジョンにいる魔物は相当強いですからね。社長が戦って、悠真くんが見学、って感じじゃないですかね」

「それはそうか。悠真くん、まだ新人ですもんね」

「そうですよ」

二人は笑い合い、悠真談議に花を咲かせた。

◇◇◇

『黒のダンジョン』四十二階層──

「悠真！　頼む‼」

「はい、任せて下さい！」

悠真は神崎の脇をすり抜け、アイシャの前に飛び出してピッケルを構える。猛然とこちらに突っ込んでくるのは球体状の岩石の魔物。ゴロゴロと転がりながら、かなりの速さで向かってきた。

以前なら『血塗られた鉱石《ブラッディー・オア》』を使わなければ、とても倒すことなんてできなかっただろう。

でも今は──

「うおおおおおおおおお‼」

全力で振り抜いたピッケルで弾《はじ》き飛ばす。回転する岩は粉々に砕け、明後日《あさって》の方向に飛んでいき、空中で砂になった。

魔鉱石で筋力が2倍に上がり、リミッター解除の筋力アップも2倍までなら使いこなせるようになっていた。

合わせれば4倍の筋力アップ。並の魔物なら充分倒せる。

それに、この能力も——

悠真がピッケルをかかげると、ヘッドの部分に『液体金属』が流れ込む。すぐに形を変え、巨大なハンマーになった。

さらに転がってくる岩石の魔物に向かって振り下ろす。岩は叩《たた》き潰され、一瞬で砂になった。尚《なお》も転がってくる魔物にはハンマーを薙《な》ぎ払って粉砕する。

——大丈夫だ、充分通用する！

悠真が自分の力に満足していると、神崎のいる方から「うわ！」と声が聞こえてきた。

「くそったれ‼」

神崎の振るう六角棍《こん》を掻《か》い潜《くぐ》り、悠真に向かってくる二匹の魔物。黒い豹《ひょう》のような姿をして、かなりの速さで駆けてくる。

悠真はハンマーを振り下ろすが、その素早い動きでかわされてしまう。

「ちょこまかと……」

回り込んで再び向かってくる魔物に、ハンマーを横に振って牽制《けんせい》するが、やはり軽々とかわされてしまう。だが、悠真が慌てることはなかった。

ハンマーのヘッドから何百ものトゲが一気に伸びる。トゲは黒い豹に次々と突き刺さった。

魔物に刺さったトゲは、さらに枝分かれして魔物の体を貫いていく。

短い悲鳴を上げた後、黒い豹は砂となって消えてしまう。悠真は『液体金属』をより自在に扱えるようになっていた。

さらに一行は先へ進む。悠真は『金属化』や『血塗られた鉱石《ブラッディー・オア》』の能力を温存するため、なるべく使わないようにしていた。

何度も来た階層では魔物に会わないルートを選び、魔物に出くわせば神崎と協力して倒していく。その結果、最速のペースで八十階層に到達した。

「さあ、この八十階層はかつて自衛隊と探索者《シーカー》たちがやってきた最も深い階層だ。横浜のダンジョンでここより深く潜るのは、我々が初めてだよ」

アイシャは前を歩く二人に、「さあ行こう！」と先を促す。

その言葉を背中で聞きながら、神崎と悠真は溜息をつく。

「あいつがいなけりゃ、もっと楽に進めるんだが……」

「それを言っても仕方ありません」

悠真《ゆうま》の言葉に、神崎《かんざき》も「そうだな」と言って不満を飲み込む。

「それにしても社長、今日中に最下層なんて本当に行けるんですか？」

「まあ、広いダンジョンじゃねーからな。最下層に行くだけなら時間的には充分可能だろう。もっとも魔物と戦わなきゃの話だが」

「そうですか」

「にしても悠真、液体金属の能力をそんなにうまく使えるなら、ピッケルなんていらないんじゃないのか？」

神崎が片眉を上げて聞いてきた。悠真は「いえ」と言って首を横に振る。

「液体金属は使える量に限界がありますし、形がある物をベースにした方が遥《はる》かに使いやすいですよ」

「ふーん、そんなもんか」

「できればピッケルの柄が伸びたり、ヘッドの向きが変わったり、とかなら、もっと使いやすくなるんですけど……」

後ろで話を聞いていたアイシャが口を挟んでくる。

「悠真くん、そんな物なら私が作ってあげるよ」

「え、本当ですか？」

「私の使っている研究所は元々金属加工の工場だったからね。機材や道具がそのまま残ってるんだ。私は手先が器用だから、いくらでも作ってあげるよ」

「あ、ありがとうございます」

「私の方こそ、君にお礼を言いたいぐらいだよ。君のおかげで『黒のダンジョン』の謎が解明できるかもしれないからね」

「黒のダンジョンの謎？」

「そう、黒のダンジョンは他のダンジョンと明らかに違うんだ。まあ、役に立たない場所だと多くの人に言われているけど、私はなんらかの役割を持ったダンジョンじゃないかと考えていてね」

「役割……ですか？」

「その答えを探すのが私の研究テーマなんだ。君はそのキーマンになってくれそうな気がしてね。だからこれからもよろしく頼むよ、悠真くん」

妙にやさしいアイシャに戸惑いつつ、悠真たちは先を急いだ。

◇◇◇

「本当に魔物の数が減ってきましたね」

悠真が辺りを警戒しつつ、神崎に向かって呟《つぶや》く。すでに九十階層を超えて、九十一階層に到達していた。

アイシャの言う通り、下に行けば行くほど進むのは容易になる。だが――

「静かに！」

急に立ち止まった神崎が岩陰に身を隠す。悠真も慌てて岩に背をつけ息を殺した。

「悠真……あれを見てみろ」

神崎に促され、悠真は恐る恐る岩から顔を出す。そこにいたのは、体長三十メートルはあろう黒い〝水牛〟のような魔物。ドシン、ドシンと地響きを起こし、ダンジョン内を悠然と闊歩《かっぽ》していた。

あんな馬鹿デカい魔物を、今まで見たことがない。

三人は絶対に見つからないよう、そろりそろりと岩場を抜けた。

その後も階層を下りる度、三人は信じられない光景を目にする。

岩場の陰から覗《のぞ》けば、長く立派な角を持つヘラクレスオオカブトのような魔物がいた。

全身は玉虫色の甲殻に包まれ、巨大な体軀《たいく》を揺らしながら歩いている姿に、悠真は思わず

「かっこいい……」と呟いてしまう。

さらに別の階には、天井一面に張り付いた数百匹もの黒いコウモリの集団がいた。一匹一匹の体高は三メートルほどある。一斉に襲われれば命はないだろう。悠真たちは刺激しないよう足音を消して進む。

とにかく会敵しないよう、必死でダンジョンを下っていく。

九十五階層に到達すると、不気味なプレッシャーを感じた。洞窟の奥まで足を進めれば、そこにいたのは岩壁に背中を預け、足を投げ出した格好で座る巨大な人影。

大きな石像に見えるそれは、目を閉じ、項垂《うなだ》れた様子で動こうとしない。

「あ、あれも魔物ですか？」

「ああ、間違いないな。お前が倒したゴーレムの何倍もありそうだ」

何倍どころではない。立ち上がれば、恐らく天井に頭がつくだろう。

あんなものと戦うなど冗談じゃない。一瞬、死んでいるのかとも思ったが、胸部がかすかに動いている。

寝息を立てているようだ。

悠真たちは絶対に巨人を起こさないよう、息を殺してその階層をあとにした。

そして極め付きは――

「見ろ！　二人ともあれを‼」

アイシャが興奮したように指を差す。なんだ？　と思って見ると、そこには翼を広げた黒い魔物、〝黒竜〟がいた。

「いや～目撃例が極めて少ない竜種だよ。出会えたのはラッキーだね！」

アイシャはスマホのカメラでパシャパシャと写真を撮る。フラッシュは焚《た》いてないが、音が鳴るため魔物に気づかれないかと神崎と悠真はひやひやしていた。

「う～ん、やっぱり暗くてハッキリ写らないな……もっと近づいていいかい？」

そう言って黒竜に近づこうとしたアイシャの首根っこを神崎が掴《つか》み、引きずるように連れてゆく。

「鋼太郎《こうたろう》！　もう少し黒竜の生態を観察したいんだよ」

「バカ言ってんじゃねえ！　全員、殺されちまうだろうが‼」

次の階層に繋《つな》がる下り坂まで来ると、アイシャはがっかりして項垂れる。

「あの黒竜だけは〝魔鉱石〟じゃなく〝魔宝石〟のブラック・ダイヤモンドを落とすんじゃないかって言われてるんだ。もっとも黒竜を倒した人間などいないから、誰も見たことはないが、ブラック・ダイヤだぞ。二人とも見たいと思わないのか⁉」

悠真と神崎は呆《あき》れてしまう。あんな化物に関わりたいと思う人間など、世界中探してもアイシャだけだ。

岩の陰からチラリと見える〝黒竜〟の姿は、禍々《まがまが》しい怪物そのもの。

竜種がどれほど危険か、初心者の悠真でも知っている。神崎は「ほら、行くぞ!」と、ごねるアイシャを引きずり黒竜がいる階層を出た。

◇◇◇

『黒のダンジョン』九十八階層――

悠真たちは数々の危険な階層を進み十四時間をかけて、とうとう最下層と思われる場所まで辿《たど》り着いた。

そこは開《ひら》けた空間で、何階層もぶち抜いたような、そんな階層だった。天井から伸びた鍾乳石《しょうにゅうせき》が地面に達していくつも連なり、巨大な石柱に見える。

今まで通ってきた洞窟より幾分明るいが、霧のような白いモヤがかかっている。

そのモヤは洞窟全体を覆い、やや薄紅色に染まって不気味な雰囲気を漂わせていた。

悠真たちは壁沿《かべぞ》いにあるキツイ勾配の坂を下り、最後の階層へと向かう。

「なんだか……不気味な場所ですね。ここが最下層ですか?」

坂を下りきり、平坦な地面に足をつけた悠真が口を切る。辺りを見回せば、赤白いモヤが洞窟全体に広がっていた。

「間違いないね。階で言えば九十八階層にあたるが、ここは三階から四階をぶち抜いたような広い階層になっている。実質的には百階層を超えてるね」

アイシャはそう言って微笑《ほほえ》む。ここまで来れたことが嬉《うれ》しいんだろう。

「ここにいるはずだ……このダンジョンを守る最後の守護者」

その言葉で、神崎と悠真に緊張が走る。

――そう、いるんだ。深層のダンジョンのラスボスが！

ピッケルを持つ手に力が入る。

「取りあえず魔物の姿を確認したら、写真を撮ってすぐに帰ろう。万が一にも倒してしまったら、黒のダンジョンが無くなっちゃうからね。そんなことになったら大変だ」

楽しそうに話すアイシャとは反対に、悠真と神崎は険しい顔で周囲を警戒する。

「俺が先に行く」

神崎が先を歩き、そのあとを悠真とアイシャが続く。石柱に身を隠しながら、洞窟の先を見やる。

赤白いモヤの先……なにかが動いた。

「いるな……」

神崎が岩陰から覗いて呟く。悠真も同じように覗くが、なにも見えない。モヤの中に消えてしまったようだ。

「ここからじゃ分からない。もっと近づかないと」

後ろからアイシャが不満気に言ってくる。神崎は短く嘆息し、さらに先にある石柱に進んで身を隠す。

全員が息を殺し、細心の注意を払う。

ここにいる魔物は、このダンジョンで最も強いはずだ。もし、突然襲われたら命はない。

悠真は緊張感を持って辺りを見回す。

モヤのせいで魔物の姿は確認できない。——だが、確実になにかいる。

悠真は巨大なものの気配を感じていた。

「もう一つ向こうの石柱に行く。悠真、いつでも『金属化』できるように準備しておけよ」

「はい！」

三人は足音に気をつけながら、次の石柱まで移動する。

するとモヤの隙間から、そいつの姿がわずかに見えた。異様な大きさに、真っ黒でとても硬そうな外殻。体中にトゲのような突起物もある。

だが、モヤのせいで全体像が確認できない。

写真を撮ろうとスマホを構えていたアイシャが、チッと舌打ちする。

「これじゃあ全然見えない。もっと近づこう！」

アイシャは移動している魔物を見ようと、岩陰から身を乗り出す。その時、足元にあった小石を蹴ってしまう。

――コンッ。

小さな音。だが、静かだった洞窟内に響き渡る。

移動していた巨大な影がピタリと止まった。空気が張りつめ、悠真《ゆうま》たちは動けなくなる。

ゆっくりと振り返るように、黒い体躯が動く。

それにともないモヤが揺らいだ。魔物を覆い隠していた赤白いモヤのベールは取り払われ、その巨躯《きょく》が露《あらわ》になる。

それは大蛇の如《ごと》き姿。頭から尻尾の先までは五十メートルはあるだろうか。

背中には大きな輪っかがあり、まるで仏像にある光背のようだ。

キングコブラに似た鎌首をもたげ、長い蛇腹の胴体にはムカデのような脚がビッシリと生えている。

そのおぞましい姿に悠真と神崎《かんざき》は息を呑《の》む。

だが、誰よりも驚いていたのは他ならぬアイシャだ。

「あれは……」

アイシャの顔色はみるみる変わっていく。

「すぐにここを出るぞ！　早く!!」

急に言われて面食《めんく》らう神崎と悠真。アイシャが先に行ってしまったため、仕方なく上階に繋がる坂まで走る。悠真がチラリと振り返った。

魔物はその場に留《とど》まって動こうとしない。

やはり羽虫のように小さな生き物など、気にもしていないのだろうか？

充分な距離を取り、下りてきた坂まで辿り着く。すると前を走っていた神崎とアイシャが、はたと立ち止まった。

二人が呆然《ぼうぜん》と立ち尽くしていたため、悠真は――なんだ？　と思い、覗き込む。すると
そこにさっきまであったはずの〝坂〟がない。

「え？」

悠真は意味が分からず、神崎とアイシャを見た。二人とも蒼白《そうはく》な顔で坂があったはずの場所を凝視している。

「おい、これって……場所が間違ってる訳じゃねーよな」

「……ああ、ここで間違いない。それに、上を見てみろ」

アイシャに言われて神崎は視線を上げる。赤白いモヤは洞窟全体を覆っているが、沈殿しているため、上にある壁沿いの坂は見えるはずだった。だが——

「ない……ないぞ！　どこにも‼」

神崎が絶叫する。悠真も上を見回すが、壁沿いにあった坂がどこにもない。

「どうなってんだアイシャ⁉　なんで帰り道がなくなったんだ！」

「私だって分からん！　一度入ったら出られなくなるダンジョンなど、聞いたこともない。そもそも最下層まで到達することが稀《まれ》だからな。データ自体が少ないんだ」

神崎が苛立《いらだ》った様子で振り返ると、その顔に恐怖の色が浮かぶ。

悠真も同じように振り返る。先ほどまで動きを止めていた魔物が、こちらに向かって移動していた。モヤが再び広がったせいで姿はハッキリと見えないが、間違いなくこちらに向かって来ている。

「おい、マズイぞ！」

神崎はアイシャの腕を取り、悠真と走ってその場を離れた。

近くにある石柱の陰に身を潜め、相手の様子を窺《うかが》う。

静寂が訪れた洞窟内に、ガサガサ、ガサガサ、と巨大な魔物が移動する音だけが響き渡る。

「おい！　どうすんだよ⁉　このまま出られないんじゃ、いずれアイツに殺されちまうぞ‼」

神崎は声を殺しつつ、アイシャに尋ねた。だがアイシャは黙ったまま石柱に背中を預け、その場に座り込む。

体育座りの格好のまま、両手で顔を覆った。

「アイシャ」

「アイシャさん」

神崎と悠真は黙り込むアイシャを見つめる。この状況を打破できる知識を持つのは彼女しかいない。

「……あの魔物を倒すことができれば、ここから出られるかもしれない」

「ホ、ホントか⁉」

神崎が聞くと、アイシャは項垂《うなだ》れたまま話を続ける。

「ここは恐らく、一度入った獲物を逃がさないようにする場所なのだろう。まさに蟻地獄《ありじごく》だ。だが、最下層の魔物を倒してしまえば二十四時間以内にダンジョンは消えてしまう。

変動が起こるんだ」

「だったら、俺があいつを倒します！」

悠真が力強く答える。だが、アイシャは目を閉じたまま首を横に振る。

「無理だ……あの魔物は倒せない」

「あの魔物を知ってるのか⁉」

神崎が驚いた顔で尋ねると、アイシャは静かに頷《うなず》く。

「私は『黒のダンジョン』で確認された魔物は全て覚えている。あれはオーストラリアにある世界で最も深い黒のダンジョン……〝タルタロス〟で目撃された魔物だ」

「どんな魔物なんだ？」

神崎が眉間にしわを寄せて聞くと、アイシャは落ち込んだ様子で顔に手を当てる。

「当時はまだ黒のダンジョンの調査が頻繁に行われていた頃だった。オーストラリアの上位探索者《シーカー》五十人が集まった大規模な探索者集団《クラン》が作られ、百七十階層までの攻略に成功していた。そして百七十一階層で、ヤツと出会ったんだ」

深刻な表情のアイシャを見て、悠真はゴクリと喉を鳴らす。

「黒く巨大な体躯《たいく》、コブラの頭にムカデのような無数の脚。その不気味な姿に探索者《シーカー》たちは恐怖を感じるが、彼らも腕に自信のある探索者集団《クラン》だ。人数も多いため、魔物を取り囲んで討伐しようとした」

アイシャは話を切る。嫌な空気が辺りに漂った。

悠真は恐る恐る「それで、どうなったんですか？」と、先を促す。アイシャは一つ息を吐き、話を続けた。

「生き残ったのは補給を担当していた後方支援の探索者《シーカー》一人。残り四十九人の探索者《シーカー》は全員死亡……それが唯一確認された、その魔物との交戦記録だよ」

「そ、そんなに強い魔物なんですか？」

「生き残った探索者《シーカー》の証言によれば、火・水・雷・風の全ての魔法が効かず、そのうえ物理攻撃も弾《はじ》き返す外殻を持っていたそうだ。力は恐ろしく強く、ほぼ全員が一撃で殺されている」

「滅茶苦茶《めちゃくちゃ》じゃねーか！」

神崎が吐き捨てるように言う。

「それだけじゃない。その魔物は相手に合わせて体を変化させたらしい。多種多様な生物に変身する能力があった。敵をより殺しやすいように、姿形《すがたかたち》を変えるんだ」

沈黙が広がる。神崎も悠真も言葉が出てこない。

そんな恐ろしい魔物がいるなど、聞いたことがなかったからだ。

「国際ダンジョン研究機構《IDR》は、この魔物の危険度を最高ランクのトリプルAに指定。竜種より危険と判断し、絶対に近づかないようにと警告したんだ」

「竜種より危険て……そんな魔物がいんのか？」

神崎は眉間に皺《しわ》を寄せる。探索者《シーカー》の間では、竜種がもっとも強い魔物と認識されていたからだ。

「目撃者が一人しかいないうえ、すぐに危険な魔物に指定されたので詳しい生態については分からなかった。しかし事の顚末《てんまつ》を知っている研究者の間では、この複数の生物に変化する魔物に名前が付けられた」

「名前ですか？」

悠真の疑問に、アイシャは視線を上げて答える。

「複合魔獣《キマイラ》。ギリシャ神話に出てくる空想上の怪物だよ」

「キマイラ……」

悠真はその名を飲み込み、頭の中で何度も反芻《はんすう》する。石柱の陰から洞窟の奥を覗《のぞ》くと、魔物はゆっくりとこちらに向かって来ていた。

このままではいずれ見つかり、殺されるだろう。

「アイシャさん、俺がやります！　あいつを倒してここから出ましょう」

悠真は前に出る。退路が断たれた以上、逃げることはできない。危険度がトリプルAの魔物であろうと戦うしかない。そう思った悠真だが、アイシャは苦し気に頭を振る。

「奴《やつ》を倒すのは不可能だ。あまりにも強すぎる」

「でもやるしかありません。アイシャさん、俺があいつに勝てる可能性はありますか？」

アイシャはしばし考え込む。ややあって悠真の顔を見た。

「………可能性があるとすれば、君の『液体金属化』能力だろうか」

「液体金属……ですか？」

「そうだ。覚えているかい、悠真くん。ホテルで〝金属鎧《きんぞくよろい》〟になった時、君の体重が増加したのを」

「え、ええ、覚えていますが……」

確かに体重が2倍以上増えていたが、それがどうしたと言うのだろう。

「君が倒した〝デカスライム〟の能力は、体を変化させるという単純な能力じゃない。恐らく体内のマナを質量に変える能力だ」

「マナを質量に変える？」

「単に体が変化しているだけなら、体重が増加することなどありえない。体重増加分は、どこかから調達したということ」

「それがマナだってのか⁉」

神崎が堪《たま》らず口を挟む。アイシャは真剣な眼差《まなざ》しで頷いた。

「これは凄《すご》い能力だ。今以上に使いこなすことができれば、あるいは奴に対抗できるかもしれないが……」

「やってみます！　それしか可能性がないなら」

悠真《ゆうま》は今までの戦いを思い出す。以前よりも『液体金属化』能力は使いこなせるようになっていた。

悠真は自分の両手を見つめる。

便利だと思って使っていた『液体金属化』の力。キマイラを倒すためにはもっとうまく使わないと。

具体的にどうすればいいか分からないが、やってみるしかない。

自分が強くなった自覚はあるし、『金属化』も『血塗られた鉱石《ブラッディー・オア》』も温存してる。時間的には大丈夫なはずだ。

悠真はピッケルを握りしめ、石柱の陰から歩み出る。モヤの合間から覗く巨大で禍々《まがまが》しい魔物を、その双眸《そうぼう》でハッキリと捉える。

「やってやる！」

巨大な魔物の前に立った悠真は一つ息を吐いた。そしてフンッと体に力を入れる。体は黒く染まり、全身が鋼鉄の鎧に覆われた。頭からは長い角が伸び、凶悪なキバが口からのぞく。

手に持つピッケルに液体金属を流し込み、巨大なハンマーに変える。ピックの部分はより鋭角な形になった。

――長引けば不利だ。最初から全力を出して、一気に倒すしかない！

目の前にいる魔物は、警戒するように鎌首をもたげ、眼下にいる獲物を睨《にら》む。

悠真はピッケルを両手で持ち、ヘッドの部分を下にして構えた。

一触即発。

そびえ立つ巨大なキマイラと、金属化した悠真。

どちらが先に仕掛けるかを、ジリジリと睨み合いながら互いに窺《うかが》っている。その様子を見ていた神崎《かんざき》が口を開く。

「アイシャ、悠真は勝てると思うか？　あの怪物に」

「……苦しいな。たとえ『液体金属化』の能力を使ったとしても、限界がある」

「なんでだ？　悠真には莫大《ばくだい》な魔力があるじゃねーか。その力を使えば、液体金属を派手に使えるようになるんじゃないのか⁉」

アイシャは目を閉じ、首を横に振る。

「そんな単純な話じゃない。そもそもマナを質量にするなんてこと自体、途轍《とてつ》もないことだ。少し質量を増やすだけでも信じられないほどマナを消費するだろう。悠真くんのマナを全て使ったとしても、どれくらいの質量になるか……」

「そんな……だけど悠真には桁外《けたはず》れのマナがあるんだろ！　だったら――」

「マナがあれば強い訳じゃない‼　お前だって、それは分かっているだろう！」

アイシャにピシャリと指摘され、神崎は沈黙する。

確かにマナがあるだけでは、戦闘に特化してるとは言えない。

「マナ指数だけを見れば、キマイラより悠真くんの方が多いだろう。だが魔物と人間の強さはマナ指数だけで比較することはできない。マナは強さの一つの側面にすぎないからな」

アイシャの言う通り、人間より遥《はる》かに強靱《きょうじん》な肉体を持つ魔物は別次元の存在だ。

基本的な能力が違う。だけど――

「悠真ならやってくれる！　俺はそう信じてる‼」

神崎とアイシャが見つめる先、未《いま》だ赤白いモヤがかかる戦場はピリピリとした緊張感に包まれていた。

静寂が支配する中、わずかにモヤが揺らぐ。

それを合図にしたかのように、悠真は動いた。血塗られた鉱石《ブラッディー・オア》の〝超パワー〟を発動、全身に赤い血脈が流れる。

──最初から全開でいく！

赤い筋は太く鮮やかに輝く。超パワーをMAXの15倍まで上げ、意識的に自分の筋肉リミッターを解除。さらに2倍の力を引き出す。

赤い稲妻のように大地を駆け、キマイラの足元で跳躍した。十メートル以上飛び上がり、魔物の頭が目前に迫る。

悠真がピッケルを振り上げた瞬間、キマイラが微《かす》かに動いた。

「なっ⁉」

キマイラの蛇腹に生える脚の一本が、突如槍《やり》のように伸びて悠真の腹に突き刺さる。

金属の体であるため貫通はしなかったが、脚はそのまま伸び続け、悠真を岩壁に叩《たた》きつけた。

衝撃音が鳴り響き、土煙が舞い上がる。

「悠真‼」

神崎の顔が蒼白《そうはく》に染まる。想像もしていなかった攻撃方法。

キマイラが脚を元に戻し始めると、壁にはりつけ状態になっていた悠真がドサリと下に落ちる。

「くそっ！」

悠真の元に行こうとした神崎を、アイシャが袖を摑《つか》んで止めた。

「やめろ！　お前が行っても足手まといになるだけだ」

「だとしても、放っておけるか！」

「待て……よく見てみろ」

アイシャの言葉に神崎が振り向くと、倒れていた悠真が起き上がり、再びピッケルを構えていた。

「信じるんじゃないのか？　悠真くんを」

「…………くそったれ！」

神崎は持っている六角棍《こん》を握りしめる。

なにもできない自分に苛立《いらだ》ち、臍《ほぞ》を噛《か》んだ。

◇◇◇

「あれがアイツの攻撃方法か……ビックリしたけど、次は喰《く》らわねーぞ！」

悠真は再び走り出す。それに呼応するように、キマイラは己の脚を伸ばし始めた。今度は一本ではなく、蛇腹にある数十本の脚を一斉に。

それは降ってくる槍の如《ごと》く、悠真に襲いかかる。

脚の先は鋭く尖《とが》っており、まるでツルハシのようだ。到達するまでの速さは、時速３０キロは超えているだろう。その脚が数十本、ほぼ同時に降り注ぐ。

通常なら絶望的な状況だが、悠真は冷静だった。

――なんだ？　ずいぶん遅く感じるな。

流れ落ちてくるツルハシのような脚を掻《か》い潜《くぐ》り、左手を剣に変え、その剣で何本もの脚を斬り払う。

思った以上に易々《やすやす》と切断できた。

――やっぱり、俺の体の方が硬いんだ。だとすれば充分勝機はある！

地面に数本突き刺さった魔物の脚を、右手に持ったピッケルで薙《な》ぎ払い粉砕する。

恐ろしい速度で大地を駆け抜け、キマイラの間近まで迫る。ピッケルを振り上げ、巨大な魔物の蛇腹に叩き込む。

衝撃と共にぐしゃりと腹が潰れ、振り抜いたピッケルが魔物の体表を抉《えぐ》り取る。

蛇の体は鋼鉄の鱗《うろこ》に覆われていたが、簡単に破壊することができた。キマイラは痛みを感じたのか、すぐに反応して動きを変える。

体に無数にある突起物を伸ばし、針で突き刺すように悠真を攻撃し始めた。

「うっ、俺の〝トゲ攻撃〟みたいだ。似たような能力なのか⁉」

針の攻撃に加えて、脚も伸ばし攻撃してくる。その総数は数百本に達していた。

それでも――

「俺には効かねーよ‼」

残像を生み出すほど凄《すさ》まじい反応速度でかわし、左手の長剣で斬り払う。数本が体に当たるが、悠真の鋼鉄の鎧はキマイラの攻撃を弾《はじ》き返した。

どれほど強い攻撃であろうと、金属化した悠真の体を傷つけることはできない。

「うおおおおおおおおおおおおおおおおおお‼」

悠真の全身に流れる血脈が、赤く煌《きら》めく。

しゃがんだあと、全力で跳躍すると地面は爆散し、その勢いで悠真は弾けるように跳び上がった。

ピッケルにさらなる『液体金属』を流し込み、より巨大なハンマーに作りかえる。

下から振り抜いた鋼鉄のハンマーは、キマイラの顎を打ち抜いた。

爆発したような衝突音。悠真は自分の何十倍もあるキマイラの頭を撥《は》ね上げる。

「オオオオーン」と低い呻《うめ》き声が響くと、まるでスローモーションのようにキマイラは地面に向かって倒れてゆく。直後、大量の粉塵《ふんじん》が舞い上がった。

悠真は着地すると同時に駆け出した。ピッケルを後ろに引き、倒れたキマイラの間近に迫ると思い切り振り抜く。

巨大なハンマーが魔物の胴体に直撃した。衝撃でモヤが吹き飛ぶ。

自分の体を砕かれたキマイラは、怒り狂ったように頭を持ち上げ、悠真に噛みつこうと大口を開けて突っ込んできた。

横に跳んでかわすと、キマイラはそのまま地面に激突する。

粉々になった岩場を見て、悠真は息を呑《の》む。

――やっぱりパワーは半端《はんぱ》じゃない。それでも――

速さで上回る悠真は、相手が態勢を立て直す前に一気に近づき、渾身《こんしん》の一撃を頭部に叩き込む。

鋼鉄の皮膚は大きくへこみ、破壊された鱗は辺りに飛び散る。

唸《うな》り声を上げたキマイラは、何本もの脚を槍のように伸ばして悠真を攻撃する。

だが、その全てを悠真はかわし、左手の剣を使って地面に刺さった魔物の脚を次々と切断していく。

剣をドロリと溶かし、元の左手に戻すと、五本の指を鎌首を持ち上げようとするキマイラに向ける。

五本の指はトゲのように伸び、キマイラの胴体に突き刺さった。

「よしっ！」

指が抜けないようトゲの先端に〝返し〟を作り、その状態で指を元に戻す。悠真《ゆうま》の体は跳ね上がり、キマイラの元まで引き寄せられる。

蛇の胴体に取り付くと、指を引き抜き、代わりに足の裏に無数のスパイクを生やした。

氷山を登るクライマーの如く、キマイラの体を駆け上がる。

もう一度左手を剣に変え、巨大な魔物の胴体に突き刺す。そのままキマイラの頭に向かって走った。

剣は鋼鉄の体表を、火花を散らしながら斬り裂いてゆく。

悲鳴に近い声を上げたキマイラは、自分の体を登ってくる敵を睨みつける。

――まさか人間に傷を負わされるなんて思ってなかっただろ！

頭まで駆け上がった悠真は剣を戻し、両手でピッケルを握って振り上げた。

「喰らいやがれ‼」

全身の赤い筋が輝きを放つ。悠真は全力でピッケルを振り下ろした。響き渡る衝撃音。ハンマーのヘッドがキマイラの頭部にメリ込んだ。皮膚を砕き、骨を砕き、充分な手応えを感じる。

キマイラの体がグラリと傾き、そのままゆっくりと倒れてゆく。

ドスンッ……と大地が揺れ、粉塵が舞い上がる。洞窟内には、不気味なほどの静寂が訪れた。

◇◇◇

「おい！　やりやがったぞ、悠真のヤツ。あの化物を倒しやがった!!」

離れた場所で見ていた神崎《かんざき》が大喜びでアイシャを見る。だがアイシャは険しい表情を崩さなかった。

「なんだよ。悠真が勝ってんのに嬉《うれ》しくねーのか？」

「……本当におめでたい奴《やつ》だな、お前は。よく見てみろ」

「ああ？」

神崎が視線を戦場に移すと、そこには異様な光景が広がっていた。

「なんだ……ありゃ？」

キマイラの砕けた体が溶け始め、黒々とした液体になっている。その液体は意思があるかのように動き出し、キマイラの元へと集まっていった。

黒い液体を取り込んだキマイラの体は、徐々に修復されていく。

「お、おい！　あれってまさか⁉」

「そうだ……なぜ深層の魔物に物理攻撃が効かないと言われているか、当然理由は知っているだろう？　その答えがあれだよ」

全ての液体を体に戻したキマイラは、ゆっくりと鎌首をもたげ、上体を起こす。

そこには傷一つない、完全に元の姿に戻った怪物がいた。

「【超回復】、深層の魔物に多く見られる能力で、〝魔法〟だけがそれを阻害する効果を持つとされる」

「だ、だけどここは『黒のダンジョン』だぞ！」

神崎の言葉にアイシャが頷《うなず》く。

「そう、黒のダンジョンは外皮や外殻が硬い魔物が多く、深層でも再生能力を持つ魔物は少ないと言われている。だが奴は違うんだ」

「そんな……」

さっきまで喜んでいた神崎の表情が変わる。あれほどの強さの魔物が、さらに再生能力までであるとなれば、悠真に勝ち目はない。

　そう思った神崎だが、その時あることに気づいた。

「ちょ、ちょっと待て！　あの魔物、砕けた金属の体を液体にして戻してたぞ。だとしたら悠真の『液体金属』と同じなんじゃないのか？」

「そうかもしれない……液体金属か、あるいはそれに近い能力」

「だったら悠真も【超回復】が使えるんじゃねーのか⁉」

　神崎が希望を見出《みいだ》したかのように話すが、アイシャは冷静に頭を振る。

「それはない。悠真くんから、金属スライムが再生したなんて話は聞いていない。恐らく特性の違いがあるんだろう」

「特性の違い？」

「金属スライムは超高硬度の外殻を持つが、体を再生する能力は無い。対してキマイラは金属スライムほどの硬度は無いが、代わりに【超回復】という再生能力がある。これが特性の違いだ」

「じゃあ、悠真は怪我《けが》をしても、あのキマイラみたいに回復はしないってことか？」

「そうだ。今は『金属化』しているから物理的なダメージは受けないが、それが解けるのも時間の問題だ。生身に戻れば一撃で殺されてしまう」

「く、そっ！　一方的じゃねーか」

「それにキマイラの体が液体金属なら、相手に合わせて姿形を自由に変化させるというのも頷ける。本当に怖いのはここからだ」

「なに冷静に言ってんだ！　このままじゃ悠真が殺されちまうんだぞ‼」

神崎は絶望的な表情で悠真を見る。

金属の鎧《よろい》を纏《まと》い、大きなハンマーを構えたまま肩で息をする悠真は、巨大な魔物の前で立ち尽くしていた。

◇◇◇

――なんなんだコイツは⁉

悠真は唖然《あぜん》としていた。叩《たた》き潰したはずの頭や体、そして切断した数十本の脚まで全て元に戻っている。

そのうえ剣で斬り裂いた胴体の傷まで、いつの間にか治っていた。

「こんな再生する力があるなんて聞いてないぞ‼」

悠真はそびえ立つキマイラの頭部を睨《にら》みながら、一歩、二歩とあとずさる。

洞窟内に充満する赤白いモヤが、再びキマイラの姿を覆い始めた。やがて魔物の体は完全に隠れ、辺りは静寂に包まれる。

汗が出ないはずの金属の体から、冷や汗が噴き出すような嫌な感覚。

緊張感でピリピリしている中、モヤがふわりと動いた。

瞬間――モヤから突然、巨大な鋏《はさみ》が出現し頭上から振り下ろされる。

「なっ⁉」

悠真は慌てて跳び退《の》き、これを回避するが、モヤの中からさらにもう一本、巨大な鋏《はさみ》が飛び出してきた。

悠真は空中にいたため、かわすことができず、薙《な》ぎ払われて全身に衝撃を受ける。

「がっ！」

ピンポン玉のように弾け飛んだ悠真は、そのまま石柱に激突した。

岩は粉々に砕け、粉塵が舞う。

「く……そっ」

悠真が石柱にめり込んだ自分の体を力ずくで引き剝がすと、十メートルほど下の地面に落下した。

「なんなんだよ……、一体？」

悠真は体を起こして仰ぎ見る。モヤの合間からキマイラが姿を現した。それは、今まで見てきたコブラのような形ではない。

八本の脚に巨大な二つの鋏《はさみ》。全身が分厚い甲殻に覆われ、背面には特徴的な甲羅がある。

それは〝カニ〟にそっくりな見た目だった。

「姿を変えた……これがコイツの、キマイラの能力！」

悠真はピッケルを握り直し、カニに向かって走り出す。再び血塗られた鉱石《ブラッディー・オア》の能力を発動した。

体に血脈が走り、赤く輝き出す。

「もう一回、ぶっ壊してやる‼」

ダンッと力強く跳躍し、カニの真上まで跳び上がる。ピッケルを振り上げ、全力でカニの甲羅に叩きつけた。

凄《すさ》まじい衝撃音が鳴り響くが、弾《はじ》かれたのはピッケルの方だった。

「えっ⁉」

悠真は回転しながら後ろの地面に着地する。自分の手を確認すると、微《かす》かに震えていた。

先ほどまで破壊できていたキマイラの体が、より硬くなっている。

「そんな……防御力が上がったのか⁉」

悠真はキッと敵を睨みつけ、もう一度攻撃するため、キマイラに向かって駆け出した。

振り下ろされる鋏《はさみ》を避《よ》け、ピッケルで鋏を殴りつける。

甲高い音は鳴るが、ダメージを与えることはできない。

悠真はそのまま走り抜け、キマイラの頭まで跳び上がり、振り上げたピッケルを叩きつけた。

「くっ！」

周囲のモヤが吹き飛ぶほどの衝撃。悠真の全力だったが――

わずかに毛ほどの傷がつく程度。悠真の攻撃はまったく効かなかった。

キマイラが振るった鋏が、悠真の体を捉える。恐ろしい衝撃で火花が散り、悠真は岩壁まで吹っ飛ばされた。

壁に激突し、崩れた岩と共に悠真は地面に落ちる。

ダメージはない。だが自分の攻撃が効かなかったという無力感で、悠真は突っ伏したまま起き上がることができなかった。

勝ち誇ったように、ゆっくりと歩いてくるキマイラ。

悠真はなんとか体を起こし、ヨロヨロと立ち上がる。

「強すぎる……これが危険度トリプルAの魔物……」

絶望的な表情で、悠真は敵を睨《ね》め付けた。

◇◇◇

「なんだよ……あのカニみてーな姿は⁉」

神崎は突然変化したキマイラに驚愕《きょうがく》していた。姿形が変わると聞いていても、実際に見ると、とんでもない能力だということが分かる。

「あんなの反則じゃねーのか⁉」

「だから勝てないと言ってるんだ」

アイシャの冷淡な言葉に、神崎は苛立《いらだ》ちを募らせる。

「お前は悠真《ゆうま》に勝ってほしくねーのかよ⁉」

「私は希望を言ってるんじゃない。現実的な話をしてるだけだ！」

「現実的だと？」

「あの分厚い外殻は、悠真くんの攻撃でも破壊できなかった。仮に効いたとしても奴には【超回復】がある。パワーは圧倒的に上回るうえ、活動時間に制限がない。タイムリミットがある悠真くんじゃ、万に一つも勝ち目はないだろう」

「そんな……悠真が負けるってことは、俺たちも死ぬってことだ！　なにか秘策みたいなもんはねーのか⁉　アイシャ‼」

離れた場所にいる悠真に視線を移したアイシャは、小さく溜息《ためいき》をつく。

「無駄だよ。小手先の策を弄《ろう》しても、キマイラにはそれに対応する変身能力がある。根本的な強さが違うんだ」

その言葉で神崎《かんざき》は絶望した。こんな『黒のダンジョン』の最下層では、誰も助けに来ることはない。

神崎は拳を握りしめ、俯《うつむ》いて目を閉じる。

――俺にもっと力があれば、悠真に加勢してやれるのに……。所詮、二流の探索者《シーカー》止まりの俺じゃあ、役には立たねえ。

神崎が唇を噛《か》み締めていると、小さな笑い声が聞こえてきた。

見ればアイシャが肩を震わせて笑っている。

「な、なんだ⁉　気でも触れたか？」

「ああ、そうだな。自分でも不思議なんだが、死に場所が『黒のダンジョン』の最下層なんて……私らしくていいかなと思ってね」

「ふざけんな！　誰がお前とこんな所で死ぬかよ‼　俺と悠真は、なんとしてもここから出てやる」

アイシャは目を閉じたまま小さく首を横に振る。

「国際《I》ダンジョン《D》研究機構《R》が出した【危険度トリプルA】、これは単なる危険性のランクじゃない。トリプルAは不可能を意味する記号。つまりIDRはキマイラを討伐できない魔物と結論付けたんだ」

「そんなもん……学者どもが机の上で考えた理屈だろう！　知ったことか‼」

「無理だよ。この結論には私も納得している。たとえ世界の上位探索者《シーカー》を百人集めても倒すことなどできない。それほど強いんだよ、キマイラという魔物はな」

アイシャの言葉を聞いて、神崎は悔しそうに歯噛《はが》みする。

視線を上げれば、たった一人でキマイラと戦っている悠真が視界に入った。

◇◇◇

「くっ……そ！」

悠真はピッケルを握りしめ、もう一度巨大ガニに向かって駆け出した。

どんなに無謀でも、ここで戦うことを止《や》めれば全てが終わってしまう。悠真が全力でジャンプしてピッケルを振り上げるが、相手も予想していたのか、鋏を横に振って悠真を弾き飛ばす。

体を打ち据えられた悠真は、為《な》す術《すべ》なく石柱まで吹っ飛んだ。

岩に激突し、地面まで落ちてくる。頭を振り、ヨロヨロと立ち上がる悠真はピッケルを握りしめる。その目は未《いま》だ死んでいなかった。

――ダメージは受けないんだ。何度でも立ち上がってやる！

悠真が一歩踏み出した時、ドクンッと心音が響き、ぐらりと視界が歪《ゆが》む。

「え？」

手に力が入らず、ピッケルを落としてしまう。液体金属が解除され、普通のピッケルがカランッと地面に転がった。

――なんだ？

手を見れば、かすかに震えている。

足もフラつき、立っていることができない。悠真は膝から崩れ落ち、その場に倒れてしまった。

体にダメージは無いはずだ。だとしたら何度も受けた衝撃で、脳にダメージが蓄積したのか？　それとも体力が限界にきたのか？　答えは出ない。

ただ体が動かず、悠真は地面に突っ伏す。

なにが起きたのか分からない。もう、どうすることもできなかった。

意識がどんどん遠のいていく。時間の感覚が無くなり、体が闇に引き込まれる。

まるで底の無い沼へ落ちていくように。

まるで深い海に沈んでいくように。

下へ、下へ……体が重く、とても重くなってゆく。

なんだ……どうなったんだ……。

意識の底、暗い暗い闇の中……。

朧《おぼろ》げな視界になにかが映る……。

見覚えのある大きな影……。

こいつは……。

庭にいた……デカスライム……？

地面に突っ伏したままの悠真の肩が、ぼこりと膨らむ。そのあと、すぐに腕や足、胸や頭も膨れ上がる。

悠真の体はドロドロに溶け、メタルグレーの球体へと変貌してゆく。

球体はさらに膨張し、徐々に大きくなっていった。やがてキマイラと同じくらいの金属の塊となる。

それはまるで、巨大な金属スライムのように――

◇◇◇

「なんだ？　なんなんだ、ありゃ⁉　悠真が球体に飲み込まれちまったぞ‼」

神崎は驚いてアイシャに聞くが、アイシャも訳が分からず硬直していた。

「あれは……」

「な、なあ、悠真はどうなったんだ？　し、死んじまったんじゃないだろうな⁉」

「まさか……そんな」

「なんだ？　なにか分かんのか⁉」

パニック状態の神崎に対し、アイシャは次第に落ち着きを取り戻していく。

「私は……とんでもない勘違いをしていたのかもしれない」

「勘違い？」

「あの金属の塊の中でなにかが起きてるんだ。悠真くんが空間内のマナを取り込んでいるように見える」

「ど、どういうことだ⁉」

「デカスライムの『液体金属化』能力は、単に形を変えることじゃなく、体内のマナを質量に変えるんだと私は思っていた。だが実際は体内と体外、両方のマナを取り込んで質量に変えているんだ」

「ちょ、ちょっと待て！　分かるように説明してくれ‼」

アイシャは一つ息を吐き、神崎の方へ顔を向ける。

「お前は悠真くんが言った『庭にできたダンジョン』の話を覚えているか？」

「そりゃ……当然、覚えてるよ」

それがどうしたんだと神崎は戸惑うも、アイシャは話を続けた。

「庭にできた小さなダンジョン……それは『エレベーター式ダンジョン』で間違いないだろう」

「エレベーター式⁉　本当にそんなものがあるってのか？」

「ああ、そうだ。そうでなければ彼の異常なマナ指数や、発現した数々の能力に説明がつかない」

「し、しかし、おかしくないか？　もしエレベーター式なら、そのダンジョンは凄《すご》い深いダンジョンだったってことになるんだぞ！」

神崎は眉根を寄せ、アイシャを睨《にら》む。

「その通り。そんな深いダンジョンにいる魔物を、当時探索者《シーカー》でもない悠真くんが倒せるなど、本来ならありえない」

「だったら違うんじゃねーのか？　エレベーター式ダンジョンなんて、探索者《シーカー》の間で伝わる御伽噺《おとぎばなし》みてーなもんだぞ！」

「……いや、彼が強力な魔物を倒せたのには理由がある。それは間違いなくダンジョンの形状だよ」

「形状？」

アイシャは膨らんだ金属の球体を見ながら、納得するように頷《うなず》く。

「考えてもみろ。魔物が活動するには必ず〝マナ〟が必要だ。強い魔物であれば、より多くのマナが必要になる。だからこそ強力な魔物ほど、マナの多い深層にいるんだ」

「そりゃ……そうだが」

「だが、悠真《ゆうま》くんの家の庭にできたダンジョンは極めて小さく、また一階層しか出現しないもの……。つまり、マナがほとんど無かったはずなんだ」

「それは――」

神崎は言葉に詰まる。確かにそんな小さなダンジョンに、大量のマナがあるはずがない。

アイシャは構わず話を続けた。

「恐らく『極小ダンジョン』とは、イレギュラーに発生した不完全なダンジョンなんだろう。そのダンジョンでは、魔物は持っている能力を充分発揮できない。特に最後に出てきた大きなスライム。マナを質量に変えるなんて規格外の能力を持っていても、マナが無ければ意味がない」

「だから悠真でも倒すことができたってのか？」

「そうだ。もしも、その大きなスライムが、ここのようにマナが大量にあるダンジョンの深層にいたなら……無敵に近い強さだったはずだ」

「無敵って」

神崎《かんざき》は思わず息を呑《の》む。

「そしてその能力は今、悠真くんの中にある。体内だけでなく、体外……つまり空間内のマナを自身に取り込めるということ。これほど深い階層の、それもこれだけ大きな洞窟内にあるマナだ。恐らく〝空間マナ指数〟は数千万は超えるはずだ」

「す、数千万⁉」

アイシャはクックックと噛《か》み殺すように笑い出した。そして、はち切れんばかりに膨れ上がった球体に目を移す。

「これが……【王の力】か」

金属の球は、ゆらゆらと表面を揺らす。

そして凪《な》いだように動きをピタリと止めると、静寂が辺りを包む。神崎とアイシャは言いようもない不安を感じた。

徐々に大気が揺れ始め、洞窟内が鳴動する。

――グボッ。

球体から、黒く巨大な腕が突き出した。

球の表面が波打つように激しく揺れる。

突き出た腕の周りで『液体金属』は渦巻き始め、やがて人の形へと収束してゆく。

キマイラと並び立つほどの巨大さ。

一見すれば〝金属鎧《きんぞくよろい》〟を纏《まと》った悠真が、そのまま大きくなったような姿。しかし、その両腕両足はより太く、肩や胸の装甲はより分厚くなっている。

兜《かぶと》には多くの禍々《まがまが》しい角が生え、鋼鉄の顎《あぎと》からは凶悪な牙が覗《のぞ》く。

およそ人とは呼べない異形の怪物。

なにより、遠くから見ていた神崎とアイシャは感じていた。その巨人を前にして、生物が抱くであろう根源的な〝恐怖〟を。

「ハハハ……すごい、見ろ鋼太郎《こうたろう》！　手の震えが止まらん」

アイシャは自分の震える手を神崎に見せるが、神崎もまた全身を小刻みに震わせていた。

「おい、なんなんだよ。急に洞窟内の温度が下がったのか⁉」

押し潰されそうな圧迫感。

言い知れない焦燥。

それは二人が感じたことのない『畏怖』とも呼ぶべきもの。

そして、この場にいるキマイラもまた――

◇◇◇

鋼鉄の鎧を纏った巨人は、その口をわずかに開き、白い蒸気を吐き出す。

筋肉と鎧で盛り上がった肩をかすかに上下させ、眼前の敵を睨みつけた。

巨大な鋏《はさみ》を構えたキマイラは、一歩、二歩と後ろに下がっていく。恐怖を感じているのは、人間だけではない。

キマイラの魔物としての本能が、目の前にいる巨人と戦うことを拒んでいる。

だが、戦いを避けられないことも理解していた。

どちらも頂点に君臨すべき強者。同じ場所に二つといらぬ存在。

キマイラが後退をやめ、前に出ようとした時、鋼鉄の巨人はダラリと垂らしていた腕を上げ、その顎《あぎと》を大きく開いた。

「うおおお‼」

耳を劈《つんざ》く咆哮《ほうこう》。

衝撃が洞窟内に広がり、モヤが全て吹き飛び雲散する。

神崎とアイシャは耳を塞ぎ、顔をしかめる。次の瞬間、鋼鉄の巨人は大地を蹴って駆け出した。

あまりの速さにキマイラは反応できない。

巨人が左腕を振り上げると、カニの姿をしたキマイラ目がけて拳を振り下ろした。

分厚い甲殻を突き破り、カニの甲羅を叩《たた》き潰す。

辺りに浅黒い液体が飛び散った。カニはなんとか鋏を上げて対抗しようとするが、鋼鉄の巨人はその鋏をガシリと摑《つか》み、足でカニの体を押さえつけると、力ずくで鋏を引き千切った。

悶《もだ》えるカニを一瞥《いちべつ》し、巨人は鋏を放り投げて、目の前にあるカニの胴体を思い切り蹴り上げる。

カニは半回転して洞窟の壁に激突した。

崩れてきた岩に埋もれ、八本の脚をバタつかせるカニ。そのカニに向かって巨人が歩み寄る。一歩動くごとに地面は揺れ、地鳴りが起こる。

カニの間近まで迫ると左足を踏み込み、右の拳を振り下ろす。

メガトン級のパンチは相手の分厚い甲殻を、易々《やすやす》と粉砕した。あまりの衝撃でカニの全身は卵の殻が砕けるようにバラバラになっていく。

だが、変化はすぐに起こった。

砕けたカニの体が溶け、液体になる。引き千切った大きな鋏も溶け出し、黒い水溜《みずた》まりになった。

やがて全ての液体はうねるように動き出し、一ヶ所に集まる。

液体金属はすぐに形を作り出し、巨大なコブラの姿へと変わってゆく。

それはキマイラが最初に出てきた姿。背中には丸い光背があり、蛇腹にはムカデのような脚が無数にある。

コブラは大きな口を開け、猛然と襲いかかってきた。巨人の腕にガブリと喰《く》らいつき、体をうねらせ、引き千切ろうとしてくる。

しかし鋼鉄の巨人が怯《ひる》む様子はない。

噛みつかれた腕をグイッと持ち上げ、コブラの体ごと地面に叩きつけた。

大地が割れて堪《たま》らずコブラが口を開くと、巨人は蛇の上顎と下顎をガシリと摑んだ。両顎を逆方向に引き、力を込める。

コブラも尻尾をバタつかせ逃れようとするが、巨人が手を離す気配はない。

顎はメリメリと音を立て、限界を迎える。

「うおおおおおおおおおおおおおお‼」

巨人の雄叫《おたけ》びと共に、コブラの上顎と下顎は無残に引き裂かれた。巨人はコブラの下顎を放り投げ、体の大部分が付いた上顎を地面に叩きつける。

体を硬直させたコブラの頭目がけて、全体重を乗せた足を踏み落とす。

コブラの頭がグシャリと潰れると、洞窟全体が揺れ、壁や天井からパラパラと小石が落ちてくる。

頭を潰されたコブラは体を痙攣《けいれん》させ、次第に動かなくなっていった。

◇◇◇

石柱の陰に身をひそめながら戦いを見ていた神崎とアイシャは、悠真のあまりの戦いぶりに唖然《あぜん》としていた。

「あれ……本当に悠真なのか？　圧倒的な強さじゃねーか!!」

神崎は震える手を押さえながら驚きの声を上げる。アイシャもまた、息を呑んで頷いた。

「ああ、だが、あの様子だと自我を失ってる可能性があるな」

「なに!?　キマイラはもう倒しちまったんだぞ！　訳も分からず、暴走しちまうんじゃねえのか？」

「いや……キマイラはあの程度では死なんだろう。恐らく巨人に合わせて、また姿を変えてくる」

「なっ⁉　あれでも死なねーのかよ！」

「ああ……しかし悠真くんに自我が無いのは、戦う上でプラスに働くかもしれない」

「ど、どういうことだ。プラスって⁉」

神崎は戸惑った表情でアイシャを見る。

「人はどうしても無意識下で体に制限をかけてしまう。だが意識が飛び、本能が暴走するような状態であれば、アドレナリンが過剰に出る」

「それって、つまり――」

「あの巨人は筋肉のリミッターを完全に外せるってことだ。力勝負ならキマイラを遥《はる》かに上回るだろう」

神崎はゴクリと喉を鳴らし、視線を戦場へと移す。

鋼鉄の巨人は白い蒸気を吐きながら、頭の潰れた敵を睨《にら》みつけていた。

死んだように動かなくなっていたキマイラの体が、ドロリと溶ける。液体となって流れ出し、一ヶ所に集まってゆく。

液体金属が立ち昇り、徐々に形を成したのは四足歩行の巨大な生物。

それは九十一階層にいた、黒い〝水牛〟だ。

その魔物とまったく同じ姿で、鋼鉄の巨人の前に立ちはだかる。蹄《ひづめ》のついた後ろ足で地面を掻《か》き、威嚇してきた。睨み合う二体の怪物。

先に動いたのは黒い水牛。大地を蹴り、土煙を上げながら巨人に向かって突進する。

二本の角が当たる寸前、巨人は両手で角をガシリと掴み、勢いの乗った突進を完全に止めた。

水牛は前に行こうと足を踏み込むが、一歩も進むことができない。

巨人は短い怒声を上げると角を持つ両手をひねり、水牛を思い切り投げ飛ばす。

水牛は洞窟の壁に激しく体を打ちつけ、そのまま転倒した。

衝撃で壁に大きなヒビが入り、砕けた岩が次々に落ちてくる。巨人は自分の体に岩が当たろうと、まったく気にせず水牛に歩み寄っていく。

水牛は立ち上がろうとするものの、うまく動くことができない。

鋼鉄の巨人は左手を長い剣に変え、高々と振り上げる。起き上がれない水牛の首に、容赦なく剣を振り下ろした。

凄《すさ》まじい切れ味の剣は、難なく牛の首を切り落とす。

巨人は転がった牛の頭をぞんざいに持ち上げ、放り投げた。首は二十メートル先の石柱に激突し、砕けた岩と共に地面に落ちていく。

残った水牛の体は、ピクピクと痙攣していた。

巨人は左腕の剣を牛の胴体に深々と突き刺す。さらに剣をひねり込み、一気に引き抜いた。傷口からはドロリと黒い液体が溢《あふ》れ出す。

かすかに動いていた牛の痙攣はパタリと止まり、形が崩れ、体全体が液体へと変わっていく。

放り投げられた牛の首もドロドロと溶け、黒い水溜まりとなった。

液体は再び集まり出し、ウネウネと盛り上がると今度は四本腕の〝岩のゴーレム〟となって立ち上がる。

◇◇◇

「おい！　あれじゃあ、悠真《ゆうま》がどれだけ倒しても意味ねーじゃねえか‼」

何度も再生するキマイラを見た神崎《かんざき》は、忌々し気に吐き捨てる。

「……いや、そうとも限らない」

そのつぶやきに、神崎は顔を上げてアイシャを見た。

「どういう意味だ？」

「魔物の再生能力は体内にある〝マナ〟を消費して行われる。もしマナが尽きるほどの破壊を繰り返すことができれば……」

「あいつを倒せるってことか⁉」

「今の悠真くんなら、充分可能性はあるだろう」

神崎とアイシャがしゃべっている間に、巨人は四本腕のゴーレムに向かって突進していく。

鋼鉄の巨人が右腕で殴ろうとした時、ゴーレムは二本の左腕でそれを防いだ。

さらにもう一本の腕も、ゴーレムは二本の右腕を使って押さえ込む。両者は組み合ったまま、ギリギリと睨み合う。

「うまいな。攻撃しても勝ち目が薄いと判断して、守りに入ったんだ」

アイシャの言葉に神崎は驚く。

「ちょっと待て！　キマイラに知能があるってことか⁉」

「知能が発達している魔物などいくらでもいる。キマイラの場合は本能で行っているかもしれないが」

「マズいじゃねえか！　このままだと悠真の『金属化』が解けちまう！」

「確かに……」

アイシャと神崎が深刻な顔をしていると、組み合ったままの巨人に変化が起こる。

背中がモコモコと盛り上がり、ゴボリと弾《はじ》けた。中から四本の〝鋼鉄の腕〟が出現する。

巨人の背中から直接生えており、元々あった腕と合わせれば計六本。

ゴーレムより多い腕を生み出した。

「なん……だ、ありゃ？」

神崎が言葉をなくす中、アイシャは思考を巡らす。

「戦闘に応じて体を変化させるのは、キマイラだけじゃないってことか」

アイシャは目を細めて巨人を見る。

「うぉおおおおおおおおおおおおおおおおおおおお‼」

巨人の雄叫びが洞窟内にこだまする。

左手三本を長剣に変え、ゴーレムの手首を斬りつけ、切断した。

手を失ったゴーレムは踏鞴《たたら》を踏み、後ろに下がる。

巨人は逃がすまいと一歩踏み込み、三つある右の剛拳で殴りつけた。それぞれの拳には
スパイクの突起が付き、より殺傷能力を上げている。

頭や肩、胸を激しく砕かれたゴーレムは大きくよろめく。

追撃を緩めない巨人は、さらに左手の剣を後ろに引き、ゴーレムの胸と首、そして足に
突き刺した。

致命的なダメージを負い、膝を折りそうになった敵に対し、容赦なく前蹴りを叩《たた》き込む。

ゴーレムは後ろに吹っ飛び、背中から豪快に倒れた。

地響きが鳴り、粉塵《ふんじん》が舞ったあと、しばしの静寂が訪れる。

ゴーレムの体はまたしても液体と化し、ウネウネと流れて近づいてくるが、巨人が気にする様子はない。

どんな形になろうと構わないと言わんばかりに、威風堂々としていた。

六本の腕をダラリと垂らし、迫ってくる液体を眺める。黒い水溜まりから飛び出してきたのは無数の蛇。

コブラではなく細長い七又の蛇だ。巨人の体に巻き付き、動きを封じようとする。

いくつもの蛇の頭が牙を剝《む》き、鋼鉄の体に嚙《か》みついてくるが当然ダメージなど与えられない。

だが、拘束力は異常に強い。力ずくで引き千切ろうとしても蛇の体はビクともしなかった。巨人の動きが完全に止まってしまう。

「ど、どうすんだ⁉　また、拘束されちまったぞ！」

「……キマイラも気づいているのかもしれない。悠真くんの変身能力にタイムリミットがあることを。だから執拗《しつよう》に時間稼ぎをしているんだ」

「なんだよ、そりゃ⁉」

アイシャと神崎が危機感を覚えていると、巨人の口がガパッと開く。

「があああああああああああああああああああ‼」

洞窟を揺るがす咆哮《ほうこう》。間を置かず、巨人の体からいくつもの〝剣〟が飛び出した。

剣はやすやすと蛇の体を貫き、さらに剣身の途中から別の剣が生え、何又にも分かれて伸びていく。

蛇の体は切断され、輪切りになった胴体がボトボトと落ちてくる。

体から伸びた剣を元に戻すと、巨人は足元に転がる蛇の頭を睨みつけ、容赦なく踏み潰していった。

それでもバラバラになった蛇の体は液体となり、また一ヶ所に集まってくる。

集まった液体金属はボコボコと溢れ出し、途轍《とてつ》もない大きさに膨れ上がっていく。その巨大さに神崎とアイシャは呆気《あっけ》に取られ、二人とも固まってしまった。

うねりながら形成された姿は、九十五階層にいた超巨大ゴーレム。鋼鉄の巨人を遥かに凌《しの》ぐ大きさだ。

人知を超えた化物を前に、こんなものにまでなれるのか、と神崎とアイシャは絶望的な気持ちになった。

だが次の瞬間――信じられないことが起こる。

鋼鉄の巨人の体に、何本もの赤い筋が入り、全身に広がっていった。筋が赤く輝き出し、体から蒸気が上がる。

「血塗られた鉱石《ブラッディー・オア》⁉」

驚愕《きょうがく》の声を上げた神崎の後ろで、アイシャは言葉を失った。

あまりの怪力に、当然使っていると思っていた血塗られた鉱石《ブラッディー・オア》の能力。鋼鉄の巨人はここまで素の状態でキマイラを圧倒していたのだ。

「お、おい……これって、まさか――」

神崎が血の気の引いた顔で呟《つぶや》くと、アイシャはゴクリと唾を飲む。

「ああ、今の状態から……さらに何倍もの力が出るってことだ！」

巨人の体からバチバチと赤いプラズマが迸《ほとばし》る。洞窟内の空気が張りつめ、地面は震え出した。

三本ずつある腕をゲル状にドロリと溶かし、左右一本ずつの太くて長い腕を作り出す。

完成した剛腕をじっくりと眺めた巨人は、手を握り込み、拳にする。

両腕を構えた瞬間、一気にゴーレムとの間合いを詰めた。

巨体に似つかわしくない、恐ろしいほどの速さ。

足を踏み込むたび、爆発したように大地が唸《うな》る。

体重を乗せて放ったのは、神崎に教えてもらった〝正拳突き〟。

回転する拳がゴーレムの右足に炸裂《さくれつ》すると、足は木っ端微塵《こばみじん》に吹き飛んだ。破壊された部分は固体ではなく、液体になって飛び散る。

なにが起きたのか分からず、フラつくゴーレムに対し、巨人はさらに追撃を仕掛ける。

今度はゴーレムの左足に突っ込み、左のストレートを叩き込む。こちらもゴーレムの足を粉砕し、破片は黒い液体となった。

巨大なゴーレムは体勢を維持できず、そのままドスンッと豪快に尻もちをつく。洞窟内が揺れ、衝撃で粉塵が舞い上がる。

足を失い、もはや立つこともできないゴーレム。そんなゴーレムを前に、赤く輝く鋼鉄の巨人は身を低くし、拳を構えた。

残像ができるほどの速さで相手に近づき、目にも留まらぬ剛腕の連打を放つ。

これも神崎に教えてもらったボクシングのラッシュだ。自我を失っても、体で覚えている戦い方をしていた。

それを見た神崎の心に、熱いものが込み上げてくる。

「あいつ……あんな姿になっても教えたことを覚えてやがるんだ。けっこう様になってるじゃねーか！」

感動する神崎の目の前で、巨人が躍動する。ラッシュの一撃一撃がゴーレムの体を砕き、致命的なダメージを与えた。

なんとかやめさせようと、ゴーレムは両手で鋼鉄の巨人を止めようとする。

だが、暴風のような豪打が止まることはない。

ゴーレムの手を完全に破壊し、そのまま体に突っ込んで剛拳を打ち込む。胴体に大きな亀裂が入り、ゴーレムはグラリと揺れた。頭が支えきれないのか、顔から落ちてくる。

鋼鉄の巨人は腰を落とし、右の拳を引く。

落ちてくるゴーレムの顔面に放ったのは、右のアッパーカットだ。顔の中心に拳が食い込むと、頭蓋が爆散して吹っ飛ぶ。

超巨大ゴーレムの体はほとんどが液体となり、もはや見る影もない。

それでも散らばった液体はまた動き出し、ゆるゆると一ヶ所に集まって形を作る。だが、その姿はまともなものではない。

頭は蛇、体はゴーレム、左手はカニの鋏《はさみ》、下半身は牛の脚。もはや形を保つことができず、まさに複合魔獣《キマイラ》と呼ぶに相応《ふさわ》しい見てくれとなる。

「破壊されすぎて、もう再生する力がないんだ」

アイシャの言葉に、神崎《かんざき》は唾を飲み込む。

「そ、それじゃあ……」

巨人は歩みを止め、太い右拳を振りかぶる。体に流れる血脈が、マグマのように強く輝き出す。

左足を踏み込むと大地が揺れ、地面が砕ける。

放たれた〝正拳突き〟が、空気を切り裂き、出来損ないの魔物に直撃した瞬間――

キマイラは砂となって弾けた。

◇◇◇

神崎とアイシャが見つめる先、大量の砂が地面に積もっている。サラサラと舞うように、砂山は少しずつ消えていった。

「や……やった、やりやがった！　悠真《ゆうま》のヤツがやったんだ‼」

大喜びする神崎の後ろで、アイシャはペタリと座り込む。

「……本当に、倒してしまうとは」

神崎は岩陰から出て、巨人に向かって走っていく。

鋼鉄の巨人は微動だにせず、仁王立ちしていたが、しばらくするとドロドロと溶けだし、球体へと戻ってしまう。

神崎は巨大な球体の前まで行くと、どうしていいのか分からずオロオロしていた。

それでも、恐る恐る金属に触れてみる。

「これは……」

触ってみれば、それは液体ではなくカチカチの金属だった。

何もすることができず神崎が立ち尽くしていると、金属の球は徐々に萎《しぼ》んで小さくなっていく。

最後は直径一メートルほどの大きさになり、ドロリと溶け、人の形へと変わる。

そこには突っ伏して気を失っている悠真がいた。

「悠真‼」

神崎が駆け寄り頸動脈《けいどうみゃく》に指をあてる。正常に脈打っていたため、ホッと胸を撫《な》で下ろす。

悠真を抱き上げ「おい、しっかりしろ！」と何度も呼びかけるが、反応は返ってこない。

アイシャも駆け寄ってきた。

「大丈夫なのか？」

「ああ、息はしてるし、脈もある。心配はないだろう」

その言葉でアイシャが安心した時、足元が揺れ、洞窟内に地響きが起こる。

「なんだ⁉」

神崎が慌てていると、アイシャは辺りを見回し、頭上を指差す。

「あれを見ろ！」

ゴゴゴゴという地鳴りと共に、今まで無かった上階に続く坂道が出現した。

神崎は背中に悠真を背負い、壁沿いにできた螺旋《らせん》状の坂に行こうとする。大地は小刻みに揺れ、壁にヒビが入り始めた。

「鋼太郎《こうたろう》！　最下層の魔物が死んだんだ。二十四時間以内にダンジョンが消滅する。最下層のここから崩れていくぞ‼」

「んなことは分かってるよ！　さっさと出るぞ」

神崎は悠真を担《かつ》いだまま走り出した。アイシャもついていこうとした時、足元になにかが落ちていることに気づく。

「これは……」

直径三センチほどの金属。楕円《だえん》形で銀色に輝いている。アイシャは屈《かが》んで、その金属を拾い上げた。見たこともないほど表面は美しく、鏡のように光を反射している。

「キマイラの〝魔鉱石〟……か？」

アイシャが見入っていると、神崎の大声が聞こえてきた。

「おい、急げ！」

「あ、ああ」

二人は坂を上り、上階へと出る。すると、そこにいたはずの魔物がどこにもいない。

神崎は周りを見回し、その変化に目を見張った。

「魔物が消えてる……ダンジョンが崩れる影響なのか？」

「分からない……そもそもダンジョンを攻略した例がほとんど無いからな」

アイシャは感慨深げにダンジョンを眺め、今通って来た道を見やる。

「どうした？」

神崎は急に立ち止まったアイシャに声をかける。

「このダンジョンは私にとってホームみたいなものだ。最高の研究場所だったのに、今日で消えて無くなるなんて……」

「おい！　今はどーでもいいわ、そんなこと‼」

「どーでもいいとはなんだ⁉　私にとっては死活問題なんだぞ！」

神崎は呆《あき》れかえる。事ここに至って自分の研究のことを心配するなんて……だがこんな所でモタモタしてる場合じゃない。

神崎はアイシャの手首を摑《つか》み、「来い！」と言って無理矢理引っ張っていく。

アイシャはクドクドと不満を漏らしていたが、気にせず先を急いだ。神崎は揺れている洞窟内を悠真を担ぎ、アイシャの手を引きながら走り続ける。

下っていくより遥《はる》かにキツイ上りだったが死ぬ思いで踏ん張り、最後には力尽きたアイシャを脇に抱え、実に二十二時間以上をかけて出口まで辿《たど》り着く。

息も絶え絶えで上がって来た神崎を、出入口にいた自衛隊員はすぐに見つけ、慌てて医務室に運び込む。

横浜では小さな地震が続き、その日のうちに『黒のダンジョン』の消滅が確認された。

日本政府と自治体は大騒ぎとなり、マスコミは『日本初のダンジョン攻略！』とセンセーショナルに報じた。

そして、これは世界で二例目となる【深層のダンジョン攻略】に該当し、世界中で大きな波紋を広げることになる。

エピローグ

九月某日――

探索者《シーカー》育成機関【ＳＴＩ】において、卒業式が執り行われていた。

厳しい訓練に耐え、晴れてプロの世界に飛び込むことになった訓練生は計六十四名。

その中には天沢《あまさわ》ルイ、神楽坂《かぐらざか》シオン、一ノ瀬《いちのせ》楓《かえで》の姿もあった。

かかげられた校旗に一礼し、登壇したのは校長の野々村《ののむら》だ。演台の前に立つと軽く咳払《せきばら》いし、マイクの位置を微調整する。

用意された原稿に目を落とし、野々村は式辞を述べる。

「卒業生の諸君。卒業、おめでとうございます。ＳＴＩ訓練課程を修了し、晴れてこの日を迎えることができました。諸君らはこれからプロの探索者《シーカー》となり、より過酷で責任のある環境へと――」

校長の話が長々と続く。

式は普段演武場として使われている体育館で行われていた。

整列している卒業生の中で、最前列にいたルイがふと横に視線を移す。すると神楽坂が「ふぁ～」と大きな欠伸《あくび》をしているのが見えた。

この手の式典が苦手なのだろう。ルイは改めて前を向く。

――悠真はすでにプロの探索者《シーカー》として活躍してる。僕も負けないようにがんばらないと。

体育館の端には、ダンジョン系企業の関係者も来ていた。ルイが内定をもらっている、エルシード社の人間もいる。

今日からプロとしての人生がスタートするんだ。

ルイが気を引き締めていると、校長の式辞が終わり、拍手が起きる。

「それでは、卒業証書の授与に移りたいと思います」

校長の野々村は演台に置かれた証書を手に取り、口をマイクに近づける。

「卒業生総代、天沢ルイ」

「はい！」

一斉にフラッシュが焚《た》かれ、登壇するルイの背中に光が浴びせられる。話題のルーキーを取材しようと、多くのマスコミが集まっていたのだ。

演台の前に立ったルイは一礼し、野々村から卒業証書を受け取る。

「おめでとう」

その後、全員の卒業証書授与が終わり、最後に卒業生の総代であるルイがマイクの前に立つ。

「答辞――本日はこのような盛大な式を挙行して頂き、誠にありがとうございます。またご多忙の中、野々村校長を始め、諸先生方、並びにご来賓の……」

長く続くルイの答辞に、神楽坂は眠そうに瞼《まぶた》を擦る。

だが、最後にルイが発した言葉に、神楽坂の眠気は吹き飛んだ。

「日本はダンジョン探索において、欧米に後れを取っていると言われています。ですが、我々はこの【ＳＴＩ】で学んだことを糧《かて》とし、必ずやアメリカやイギリスを超える実績をこの国で上げたいと思います」

会場から「おお」という歓声が巻き起こる。

「【ＳＴＩ】の増々《ますます》の発展と、諸先生方のご健康、ご活躍を心からお祈りし、卒業生の答辞といたします。卒業生総代、天沢ルイ」

挨拶を結んだルイに対し、万雷の拍手が送られる。

この日、【ＳＴＩ】始まって以来の成績を収めた天才、天沢ルイが卒業を迎え、プロとしての第一歩を踏み出した。

「ありがとうございます」

あとがき

『金属《きんぞく》スライム』第三巻を手に取っていただき、ありがとうございます。

この巻は、筆者が特に気に入っているキャラクター、アイシャ・如月《きさらぎ》が活躍するお話です。

ある意味、自分の欲望にもっとも純粋で、もっとも情熱的な人物。

彼女のおかげで、悠真《ゆうま》はより強くなっていきます。この『金属スライム』の世界では、悠真は最強の存在ではありません。

もっと強い探索者《シーカー》もいれば、遥《はる》かに怖い魔物もいます。それこそキマイラを凌駕《りょうが》するような化物が、わんさとひしめいている世界です。

アイシャさんは自分のエゴを押し通す一方で、悠真に成長を促す重要なキーパーソンでもあります。

人によっては嫌悪《けんお》感を覚え、嫌う人もいるでしょう。それでも活《い》き活《い》きと自分の研究にいそしむアイシャさんは、書いていてとても楽しい人物でした。

そして『黒《くろ》のダンジョン』の中で【王《キング》】の力に目覚めた悠真は、今後さらに激しい戦いに身を投じていくことになります。

それは探索者育成機関《シーカー》【STI】を卒業した天沢《あまさわ》ルイ、神楽坂《かぐらざか》シオン、一ノ瀬《いちのせ》楓《かえで》も同様です。四人の活躍を期待して、物語の話を終わりたいと思います。

最後にこの小説を刊行するにあたり、ご協力いただいたイラストレーターの山椒魚《さんしょううお》先生、担当編集者様、その他の関係者の皆様に、深く感謝いたします。

また個人的なことになりますが、この作品の改稿を行っている際、能登半島《のとはんとう》地震がありました。

私は震源地近くの県に住んでいるため、かなり大きな揺れにあい、部屋はめちゃくちゃになりました。ここまで大きな地震を経験したのは初めてです。

そのあと余震も数百回あり、小さな揺れでもまた大きな地震になるんじゃないかと不安は拭えませんでした。

私でこれほどの恐怖を感じたのですから、震源地である能登半島の方々の恐怖は想像に難《かた》くありません。

少しでも早い復興と、普段通りの生活が戻ることを、心から願っております。

温泉《おんせん》カピバラ

富士見ファンタジア文庫

金属《きんぞく》スライムを倒《たお》しまくった俺《おれ》が【黒鋼《くろがね》の王《おう》】と呼《よ》ばれるまで3
～仄暗《ほのぐら》き迷宮《めいきゅう》の支配者《しはいしゃ》～

令和6年5月20日　初版発行
令和6年12月15日　再版発行

著者——温泉《おんせん》カピバラ

発行者——山下直久
発　行——株式会社KADOKAWA
〒102-8177
東京都千代田区富士見2-13-3
0570-002-301（ナビダイヤル）
印刷所——株式会社KADOKAWA
製本所——株式会社KADOKAWA

ISBN978-4-04-075450-5 C0193 ◆◇◇

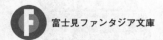

天上優夜《てんじょうゆうや》
異世界で
レベルアップした結果、
最強の身体能力を
手に入れた少年
この少年
すべてが
シリーズ好評発売中！

切り拓け！キミだけの王道
ファンタジア大賞
原稿募集中！
賞金
《大賞》300万円
《金賞》50万円
《銀賞》30万円
選考委員
細音啓 「キミと僕の最後の戦場、あるいは世界が始まる聖戦」
橘公司 「デート・ア・ライブ」
羊太郎 「ロクでなし魔術講師と禁忌教典《アカシックレコード》」
ファンタジア文庫編集長
前期締切 8月末日
後期締切 2月末日
https://www.fantasiataisho.com/